Cet ouvrage a obtenu le Grand Prix du Roman
en langue française
de l'Association des Ecrivains Bretons, année 2012.

Marie Fersac

Moi, quand je serai vieille…

Les Découvertes de la Luciole

Du même auteur

Littérature

Aux *Editions Les Découvertes de la Luciole* :

Brûlures : nouvelles, 2004

Littérature Jeunesse

Aux *Editions Les Découvertes de la Luciole* :
Gwennig , 2002, sous le pseudonyme de Sophie Baraine

Illustration de couverture :
Le banc au lilas, photo de Lucette Aubry,
avec son aimable autorisation.

A Marianne

« J'atteins l'âge où proposer une utopie est un devoir ; […] où la durée qui s'écoule doit être accueillie comme une alliée si l'on ne veut pas la laisser devenir une ennemie implacable. »

In *Mon utopie* d'Albert Jacquard

Putain ! Ce que c'est chiant toutes ces visites ! Mais pourquoi elle s'entête à vouloir habiter dans une vieille baraque ? Sombre en été, pas moyen de chauffer en hiver… Klara, ma belle, quand est-ce que tu vas comprendre que j'en peux plus de tous tes vieux qui vendent leur maison en la pleurant comme si c'était un gosse qu'ils perdaient ? Quand ? J'ai pas le temps de m'attarder à toutes ces pleurnicheries, moi !

J'aime pas leurs intérieurs, c'est encombré, c'est moche, et en plus ça pue ! Tout pue le vieux !

Tu ne te rends pas compte de tout le travail que j'ai à faire… Je te suis pour éviter que tu fasses des conneries, mais j'ai pas le temps pour ça ! Tu dis que tu feras la déco, mais je t'ai jamais vue bricoler dans l'apparte. Tu t'en fous, mais moi, il faut que je pense à ma carrière. P… ! Mais c'est pas que je te le reproche, mais tu travailles pas, ma belle ! Et puis, vouloir t'enterrer dans ce trou ! Ouais, ouais, je sais ! Tu prétends que dans une location, t'as pas envie de t'emmerder à bricoler : je comprends, remarque, hein, c'est fiche de l'argent en l'air ! Tiens, regarde, Klara ! Ce champ, là, il y a assez de surface pour bâtir ton château en Espagne. T'auras même une rivière pour brasser un peu plus le vent de tes rêves. T'oses pas, je vois bien ! J'vais lui dire, moi, à la vieille, que sa bicoque, elle m'intéresse pas. Le pire avec les vieux, c'est de penser qu'un jour on puisse être comme eux ! Elle m'intéresse pas du tout, ça va être vite fait ! Et si la vieille, elle comprend pas, la mère Pauly, elle va lui en rajouter une couche ! Ha, ha, ha ! Une couche… pour une vieille ! Pas mal trouvé, quand même !

- Parfait ! fit l'homme. Faites-leur une proposition.

Il est de mauvaise humeur, encore une fois. Je ne sais pas comment je me débrouille, mais tout ce que je fais le fâche. Je ne me souviens pas d'une seule initiative de ma part qui lui aurait fait dire que c'était une bonne idée… Je crois que cette fois-ci, c'est pire…

Ces vieilles personnes sont charmantes. J'aime beaucoup le vieux monsieur. La dernière fois que je l'ai rencontré, il se rappelait la date de plantation de chacun des arbres ! Ils l'aiment, leur propriété ! Ils ont réussi à me montrer que la maison avait une âme, le jardin aussi. Moi aussi, j'ajouterais ma vie à la leur…

Mon Jean, pourquoi ne comprends-tu pas que les vieilles maisons ont une histoire et qu'il est important de la connaître, cette vie d'avant nous, pour ne pas tout dénaturer…Tu n'as pas grandi dans une ville dévastée par la guerre, toi. Cela se voit. Comment tu leur parles ? Tu n'es pas à l'usine, ici ! Reprends-toi, Jean ! Tu peux être si bon, quand tu le veux bien… Je vois bien que le pire, quand on est jeune, c'est qu'on ne pense jamais qu'un jour on sera vieux. Tu n'accepterais pas qu'on te parle comme ça…

Une maison neuve au bord de l'eau ? Je me tourne et c'est cette belle maison vieille couverte de roses que je vois : c'est elle Ma Maison… Tu dis que je n'ai aucun goût… Je déteste le béton, c'est tout. Je n'ai connu que ça dans mon enfance… Des bâtiments neufs et gris… sans âme…

Oh, Mein Gott ! Du hast die alte Dame beleidigt, Liebchen ! Sie hat Recht, ich bin überhaupt nicht sicher, dass ich mein ganzes Leben mit dir verbringen will… Du bist ja wirklich zu hart, mein Jean…•

• Oh, mon Dieu, tu as vexé la vieille dame, mon chéri ! Elle a raison, je ne suis pas du tout sûre de passer toute ma vie avec toi… Tu es trop dur, mon Jean, décidément…

I

Assis sur son derrière, blanc sale à force de patauger dans la boue, il contemple le panneau, lettres noires sur fond rouge sombre.

C'est sûr, il ne sait pas lire. Mais c'est depuis qu'un homme a planté ce poteau surmonté d'un écriteau que tout a changé.

Et ça, il le sait bien.

Mémère ne choisit plus que cet endroit pour lieu de promenade. Elle s'habille comme pour la messe, saisit sa canne, et elle tourne autour de la maison. Il la regarde s'affairer, arracher une herbe dans le gravier de l'allée, cueillir une primevère ou une jacinthe ou encore un tendre myosotis. Il ne cille pas. Il ne sait plus ce qu'il doit surveiller, de Mémère ou du panneau.

Pépère, lui, c'est plus simple. Il entre dans la maison, ouvre les volets, les fenêtres.

- J'aère, j'aère, dit-il. Il ne faut pas que ça sente le renfermé, la pipe, le vieux.

Et il surveille tout, le lierre qui part à l'assaut du pignon et qu'il a fait brûler par son fils, le loquet de la barrière qui s'apprête à perdre une vis et gauchit de plus en plus.

Le chien se détend : il s'allonge sur le gravier et retourne à la contemplation du panneau. Pépère passe près de lui, observe la scène.

- Eh oui, p'tit gars ! Tout ça ne nous rajeunit pas. T'aurais pas cru, toi non plus, qu'on vendrait tout ça ?

Et, d'un geste plus désabusé que démonstratif, il désigne la maison et le potager clos où ne poussent plus que les fruitiers qu'il a plantés, il y a… soixante ans.

Le chien appuie son menton sur ses pattes et hausse les sourcils, l'un après l'autre. Il écoute Pépère.

Mémère dit que Pépère parle tout seul.

Elle dit que c'est l'âge.

Elle dit qu'il radote.

Elle dit tant de choses sur Pépère, pas toujours bien gentilles, mais au bout de soixante-deux ans de mariage, qui s'en soucie ? Pas les enfants, partis si loin ; pas les petits-enfants, tous occupés ; pas les arrière-petits-enfants, affairés eux aussi, qui à ses études, qui à son travail, qui à sa recherche d'emploi – comme ils disent, maintenant.

Ils disent tous beaucoup. C'est dans l'air du temps. Tout le monde dit, personne n'écoute.

Sauf le chien, et Pépère.

Le problème, c'est que Pépère n'entend plus très bien, et il en abuse. Alors, qu'est-ce qu'il écoute Pépère, hein ? Le chien, qui aboie peu ; et les oiseaux, dans l'arbre ; et le vent, dans la ramure ; et les voitures qui roulent, toujours plus nombreuses, sur la voie express que les politiques et les ingénieurs ont fait construire à grand renfort d'ouvriers mal payés à trois cents mètres de sa maison, il y a… vingt ans.

Mémère avait dit :

- C'est bien, elles ne passeront plus au ras de chez nous. C'était devenu dangereux pour les enfants.

Elle oubliait qu'elle n'avait plus d'enfants à élever depuis bien longtemps et elle ne savait pas encore que les liens allaient se distendre. Passé, le temps où elle filait chez sa belle-mère, d'un saut, vérifier si tout allait bien, prendre un café, porter le linge, les commissions… Quand, à son tour, elle avait vieilli, les enfants travaillaient à l'autre bout de la France. Ils leur rendaient visite aux vacances. Au lieu de l'aide qu'elle était en droit d'attendre, elle avait un surcroît de travail. A la fin de l'été, elle se retrouvait face à un monceau de draps sales et dans une maison morte d'où les rires et les conversations s'étaient enfuis.

C'est là qu'elle avait remarqué que Pépère parlait tout seul.

Il ne lui parlait plus beaucoup. Il conversait avec les chiens qui s'étaient succédé dans la maison, surtout avec le dernier arrivé, Gaspard.

Alibi, que Pépère l'avait appelé. Sous le prétexte de le promener, Mémère passait en revue les événements du hameau. En prêtant l'oreille, elle surprenait les conversations, surveillait la pousse des fleurs, jugeait l'état des toits et celui des portails, épiait les boîtes aux lettres. Bien que sa tâche fût grandement facilitée par la propension du chien à s'arrêter partout – Dame ! On a la vessie faible en vieillissant – Mémère ne tirait aucun parti des secrets qu'elle croyait surprendre.

Alibi était une espèce de caniche multiracial – l'œuvre d'une coopérative, disait Pépère – qu'ils étaient allés chercher à la SPA, choisi parce qu'il était vieux et que personne n'en voulait plus.

- Comme nous, avait riposté Mémère à l'employé.

Et Pépère avait approuvé en sortant son portefeuille. Pour rien. Ils s'étaient étonnés des explications que l'employé leur avait alors données. Non, on ne devait rien pour un très vieux chien. Personne n'en voulait, des vieux, de toute façon.

- C'est vrai que les vieux, ça coûte cher, avait grincé Mémère à nouveau. On oublie que ça a rapporté à la nation, un jour. Les gens ont la mémoire courte, et c'est pourtant les vieux qu'on accuse de ne plus se souvenir de rien. C'est le monde à l'envers.

- Ça a toujours été comme ça, avait répliqué Pépère. Et en plus, ça râle aussi, les vieux, comme les chiens.

- C'est pour moi que tu dis ça ? s'était écriée Mémère qui sentait la colère lui monter aux yeux.

Conciliant, l'employé avait cru bon d'intervenir dans ce début de dispute.

- C'est un gentil chien : il n'aboie jamais. Ses maîtres sont partis en maison de retraite et ils n'ont trouvé personne pour le prendre.

Mémère et Pépère s'étaient regardés. Tout éclat avait disparu des yeux de Mémère.

Pépère avait hoché la tête.

- Alors il est fait pour nous. On est ses maîtres désormais. Vous pourriez l'annoncer à ses anciens maîtres ? Ça peut se faire ? Un chien, c'est pas comme un enfant né de parents inconnus ?

L'employé avait dodeliné de la tête.

Mémère avait jugé que ce garçon ferait un Pépère parfait quand il serait vieux à son tour. Elle avait eu un peu de mal à l'imaginer, certes, car il n'avait pas plus de vingt-cinq ans. L'idée l'avait fait rire tout haut, et… toute seule.

A leur coup d'œil surpris, elle s'était hâtée d'expliquer que c'était le contentement d'arracher un chien au désespoir de l'abandon.

Et puis le temps avait passé. A leur âge, trois années, c'est comme si dix venaient de s'écouler.

Le chien allait sur ses treize ans. Affirmer qu'il avait retrouvé une certaine jeunesse aurait été mensonger. Son passage au refuge – presque trois mois, tout de même ! sifflait Mémère – l'avait marqué et il goûtait les attentions des deux vieux avec reconnaissance. Il vivait, collé aux talons de l'un ou de l'autre, selon leurs activités et ses envies du moment. C'était un chien heureux dans une maison heureuse. Mais si le chien vieillissait, ses maîtres aussi.

Vint le moment où les enfants firent clairement la remarque à leurs parents que leur place était en maison de retraite.

Qu'il fallait s'y prendre longtemps à l'avance pour que la demande soit acceptée.

Qu'il fallait parfois attendre plusieurs mois son tour.

- Quel tour ? s'était enquis Mémère, qui avait le chic pour poser exprès les questions auxquelles les enfants ne voulaient pas répondre.

Et comme ils étaient restés silencieux, elle était repartie à la charge, pas si éberluée, ni gâteuse, qu'ils s'entêtaient à le croire.

- Qu'un autre vieux ait cassé sa pipe ?

Ben oui, dame, autant appeler les choses par leur nom. Si on se ment à notre âge, on ne voit plus passer la vie.

Et elle avait lancé sa deuxième pique.

- J'aurais cru… qu'à votre âge – soixante-deux et soixante-sept ans ! – vous auriez compris depuis longtemps comment on obtient son tour ! Vous n'avez pas demandé à réserver votre place, vous z'aut' ?

Leurs visages consternés l'avaient presque autant réjouie que le rire sonore de Pépère. Trop longtemps elle avait été – comme ils disent maintenant – politiquement correcte. Terminée, cette époque ! Et Mémère en était venue à se demander, lors de nuits d'insomnie et de soucis, de quoi elle avait eu aussi peur pendant tant d'années.

Quand elle regardait ses enfants, elle ne se trouvait pas si vieille que ça.

Et Pépère non plus.

Ils avaient eu l'aîné, l'année de leurs dix-huit ans, en 1914. La deuxième avait attendu que Pépère revienne de l'enfer. Ils les avaient élevés dans l'horreur de la guerre et de tous ceux qui s'en repaissent. Idée qu'avait entretenue Grand-mère Louise, la mère de Pépère. Son mari et son fils aîné – le frère de Pépère – n'étaient jamais revenus de cette boucherie.

Plus tard, ils avaient vécu l'Occupation à l'écart de tout, bienheureux que leur fils ait été fait prisonnier dès les premiers combats et qu'il revienne bien vivant d'Allemagne.

- Tiens ! V'là de la visite ! aboya le chien en soulevant son derrière avec flegme.

Les deux vieux relevèrent la tête.

Le chien reconnaissait la voiture de la dame de l'agence immobilière. Il savait qu'elle prenait son temps pour descendre, faisait admirer le paysage – la maison surplombait la quatre voies – et vantait les avantages de cette proximité qui permettait d'accéder à la grande métropole régionale en une demi-heure de temps. Elle oubliait de mentionner les bouchons sur la rocade aux heures de pointe, mais cela n'était plus vraiment son problème. Elle était là pour affaires et elle s'attelait à la tâche ardue de vendre une maison...

impossible à vendre. La présence continue des deux vieux ne l'aidait pas beaucoup.

Mémère, surtout, avait l'art de s'appuyer sur sa canne et de suivre d'un œil torve les hésitations des acheteurs potentiels.

Quand la dame de l'agence lui rendait compte en chuchotant – un peu trop fort, mais surdité de Mémère obligeait – des propos des visiteurs, elle beuglait un triomphant :

- Je l'avais senti dès le début ! Z'auriez pu vous épargner du temps ! Sont pas faits pour s'entendre, ma maison et ceux-là !

Et la dame soupirait.

Pépère était plus conciliant. Il se contentait d'énumérer les variétés de pommiers et autres fruitiers du jardin, en indiquant l'année de plantation et l'anecdote qui accompagnait.

Le dernier arbre – un prunier de la variété « prunes de monsieur » – avait été planté l'année de la mort de Pétain.

Pépère s'approcha de la grosse voiture, s'essuyant les mains sur la bavette de son bleu de chauffe, prêt à saluer les visiteurs qui ouvraient les portières. Il reconnut aussitôt la jeune femme d'origine étrangère, venue seule, qui avait paru apprécier les lieux quelques jours auparavant. Elle était blonde, fine et distinguée : il se dégageait d'elle une simplicité de bon aloi que même Mémère avait remarquée. Il ôta son béret qu'il fourra sous son aisselle gauche et tendit une main timide.

- Bonjour, mesdames. Monsieur, ajouta-t-il à l'adresse de l'homme élégamment vêtu qui surgissait derrière la femme de l'agence.

Il reçut en retour un hochement de tête sévère et une mine pincée. La visiteuse se précipita pour serrer la main calleuse, déformée, qui se présentait.

- Couvrez-vous, je vous prie, dit-elle à Pépère qui n'en avait jamais entendu autant.

- Allez, viens, mon cœur ! lança l'homme, agacé. Venez, madame, nous n'avons pas de temps à perdre.

Et il se dirigea vers la maison, habitué à être obéi. Il fit un écart pour éviter Mémère qui lui barrait le chemin, appuyée sur sa canne, la salua d'un bref « Madame » qui n'obtint pas de réponse.

Ni Madame, ni Moncœur n'avaient bougé.

Ce fut Moncœur qui réagit la première, et tel le chien que son maître siffle, elle accourut à l'appel pressant. Elle pila devant Mémère qu'elle gratifia d'un joli sourire que contredisaient ses yeux de cocker triste.

- Bonjour madame, dit-elle avec son accent indéfinissable. Je suis contente de vous revoir.

Mémère opina du chef à la manière de Pépère, pensa « Toi, ma fille, t'as pas fini de souffrir, dans la vie… », et elle emboîta le pas à la belle blonde.

Le costume trois-pièces avait déjà pénétré dans la maison toute brûlante de la chaleur de la journée.

Il se dirigea vers la cuisine, regarda autour de lui, jaugea, jugea.

Il mit la main sur la poignée d'une porte de placard, l'ouvrit à demi, eut soudain l'air de se rappeler la présence de la propriétaire qui l'observait, silencieuse et raidie, jeta « Vous permettez ! », n'attendit pas la réponse, toqua sur le bois d'un doigt replié et lança à l'adresse de sa femme un « Mais non, mon cœur, tu vois bien que c'est du chêne massif ! », tandis que Mémère articulait « Faites comme chez vous, je vous en prie ! ».

Moncœur hocha la tête, contente.

La dame de l'agence, madame Pauly, prit les devants et déclara :

- Laissez-moi vous faire visiter. Vous permettez, madame ?

Et tandis que d'un mouvement rapide, elle poussait le couple vers le salon, elle fit les gros yeux à Mémère. C'était la première fois que des visiteurs revenaient.

Mémère rejoignit Pépère dans le verger qui bordait un bon hectare de prairie. Il était assis sur le banc de bois qu'il s'était fabriqué et qu'il repeignait tous les ans avec une patience et un soin infinis.

Le chien était couché à ses pieds dans l'ombre d'un lilas. Il ouvrit tout grand la gueule pour bâiller quand Mémère se posa tout contre Pépère. Il était content. Ils n'étaient pas très souvent réunis tous les trois. Chacun avait pris l'habitude de vaquer à ses occupations.

- Qu'est-ce que t'en penses ? demanda Mémère.

- De quoi tu parles ? répondit Pépère.

- De tout ça, fit Mémère en tendant une main molle vers la maison, le jardin.

Elle avait l'air las, tout d'un coup.

Pépère hocha la tête.

- Pas grand chose de bon, admit-il, contrarié. Elle, elle est bien.

Il y eut un silence.

- Qu'est-ce qui est bien ? reprit Mémère d'un ton triste.

- Moncœur, celle qu'il appelle mon cœur. Allemande, d'accord, mais elle est bien. Lui, par contre, il fait penser à un petit caporal.

- T'en as connu, des petits chefs, comme celui-là, hein ?

- Oui. Il y a bien longtemps. Du genre qui fait tuer ses hommes pour avoir du galon.

Nouveau silence. Qui s'éternise…

Rompu par Mémère.

- Tu as toujours envie de vendre, toi ?

Pépère se tourna vers elle.

- Et toi ? fit-il vivement.

Elle leva les yeux sur le visage de l'homme qu'elle avait épousé il y avait si longtemps qu'elle aurait pu en décrire les moindres rides. Elle porta une main sur l'épaule de son mari. Elle aurait voulu lui caresser le visage, l'embrasser sur la tempe, les paupières, toutes douceurs qu'elle ne lui donnait plus. Le temps avait effacé les marques de tendresse entre eux. Et voilà qu'elle n'osait plus, intimidée par ce grand vide, effrayée de sentir qu'elle aimait encore ce vieil homme de cet amour fou qui les avait jetés, si jeunes, l'un contre l'autre, en dépit des interdits religieux.

Il lui sourit. Il avait le regard tendre et bienveillant.

Elle remua, anxieuse.

- C'est eux qui veulent qu'on vende, se défendit-elle, avec des regrets.

- Tu veux dire,… les enfants ? dit-il, d'une voix étranglée.

Elle secoua la tête de haut en bas. Elle ne pouvait plus parler. Elle laissait ses larmes couler sur ses joues tannées.

Le lilas embaumait au-dessus de leurs têtes. Le vieil homme ne l'avait jamais laissé monter en arbre, et le buisson les dissimulait.

Mémère étouffa un sanglot.

- Non, dit-elle. Non. Je ne veux pas. Ils ne peuvent pas nous obliger.

Pépère lui plaqua deux doigts sur les lèvres.

Mémère le fixa, surprise. Il lui fit un signe. Elle se reprit, essuya ses larmes d'un revers de la main. Sa surdité lui laissait à présent percevoir des pas sur le gravier, des voix aussi, des bribes de conversation entre l'agent immobilier et l'acheteur.

- … grand jardin… près d'un hectare…
- Intéressant ! … une construction…
- Peut-être…
- … belle pente douce… sur la rivière…

Les visiteurs s'arrêtèrent presque à leur hauteur, contemplèrent la vaste prairie qui s'étendait au-delà du verger. Ils ne soupçonnaient pas la présence de leurs hôtes.

- Parfait ! fit l'homme. Faites-leur une proposition.

- Oh ! Vous êtes là ! s'exclama Moncœur qui s'était retournée pour examiner la vieille maison. Vous avez une propriété magnifique !

- S'il te plaît ! s'interposa Costume trois-pièces d'un ton sec. Madame ?

Il regardait la dame de l'agence, agacé par ses réactions lentes.

- Monsieur Monfort n'est pas intéressé par votre maison. Par contre, il est prêt à vous acheter une très grosse parcelle du terrain. Il veut construire.

Pépère et Mémère se regardèrent.

Madame Pauly s'était tue. Elle savait que cela ne faisait pas l'affaire des deux vieux. Ni la sienne. Si cette opération se réalisait, la maison – malgré toute sa beauté et ses vieilles pierres – deviendrait invendable.

Le silence se fit plus lourd.

Moncœur gardait les yeux baissés. Avec obstination.

Le mari fixait un point dans le lointain, l'œil ennuyé, pressé d'en finir, un pli de dédain aux lèvres. Il crut nécessaire de donner le coup de grâce.

- Vous comprenez, dit-il, les dents serrées et le sourire fugitif, c'est une maison d'un autre temps. La décoration est à refaire en totalité. Nous avons des goûts de jeunes, plus modernes. Autant construire.

Mémère se tourna vers Pépère, lui faisant un clin d'œil qu'il fut le seul à appréhender.

- Qu'est-ce qu'il dit ?

Pépère s'adressa aux visiteurs :

- Excusez ma femme. Elle n'entend pas très bien.

Il haussa le ton, pour elle.

- Il dit, mon cœur, qu'il veut construire dans le pré. Il dit que la maison ne lui plaît pas. Il dit que ta décoration est bonne pour les vieux, mais pas pour eux. Il dit que, eux, ils sont jeunes… Et modernes.

Madame Pauly se recula. Elle connaissait assez Mémère pour craindre le retour de bâton. Elle se mit en peine d'examiner le lilas avec un intérêt de botaniste avertie qui vient de découvrir une variété inconnue.

Aux premiers mots de Pépère, la jeune madame Moncœur eut un violent sursaut. Tout le temps des explications du vieil homme, elle ne le quitta pas des yeux, l'air ahuri : elle semblait prendre conscience de la personnalité de son mari. Quand celui-ci lui attrapa le coude, comme pour la protéger d'on ne sait quelle agression, elle se dégagea, farouche. Elle lui jeta un coup d'œil si hostile, qu'à son tour, il recula. Il heurta madame Pauly : elle lui tourna le dos. Il se sentit bien isolé quand Mémère s'avança sur lui, brandissant sa canne.

- Nous aussi, nous avons été jeunes. Ça ne se voit plus sans doute. Mais, mon gars, va bien falloir que tu te mettes dans la tête que tout se paie, dans la vie. Tout. Tu entends ? Tout. Un jour, tu seras vieux, toi aussi. Et pas bien content, quand un jeune viendra te dire que tu es vieux. Que tu as des goûts de vieux. D'ailleurs, je te trouve vieux ; tu es vieux, à côté d'un jeune de vingt ans ou d'un gosse de dix ans ! Et puis, t'as l'air d'oublier que pour faire un jeune comme toi, il a fallu qu'il y ait un vieux et une vieille comme nous. Maintenant, tu vas partir d'ici et… emmène ta femme. Tu auras bien de la chance si elle reste avec toi jusqu'à ce que tu sois vieux ! Et vous, madame Pauly, partez et ne revenez pas ! Mon mari et moi, nous avons décidé que la maison n'était plus à vendre. Nous avons vécu toute notre vie ici, nous mourrons ici. Après nous, les enfants vendront. Ce ne sera plus notre problème. Madame Montfort, je comprends votre déception. Vous fermerez la barrière, n'est-ce pas ? Je ne voudrais pas que le chien se sauve.

Digne, tournant le dos à ses visiteurs humiliés ou déçus, elle tendit la main à Pépère et, riant d'aise, lui lança, toute guillerette :

- Viens, mon cœur, il faut que tu m'aides à mettre le couvert pour le souper, et déboucher une bonne bouteille pour fêter notre décision. Tu viens, toi aussi, le chien ?

II

L'armée des pleureuses avait déferlé à jets plus ou moins discrets dès que la nouvelle de leur décision s'était sue.

Pépère avait donné cette appellation, il y avait fort longtemps, à tous ceux – voisins, familles, amis et… rien du tout – qui défilaient dans une maison à la suite d'un événement, le plus souvent malheureux. Seuls, les ennemis – les vrais amis, en définitive – continuaient à passer au large, devenant, selon l'expression de Pépère, fréquentables, puisqu'ils savaient demeurer à leur place.

Pépère avait aussi remarqué – qu'est-ce qu'il ne voyait pas, Pépère ? Une habitude venue du fin fond des tranchées – que la vitesse à laquelle les visiteurs déboulaient n'était pas proportionnelle à la distance qu'ils devaient franchir pour atteindre leur but.

Ainsi, pour leur propre cas, la première à pointer le bout du nez fut la cousine de Mémère, la petite cousine éloignée qu'on n'avait pas vue depuis une bonne dizaine d'années et qui habitait à trente kilomètres de chez eux.

Elle surgit dans le jardin, alors qu'ils s'octroyaient tous deux un petit somme, allongés sur des chaises-longues à la toile moisie que Mémère avait ressorties de la buanderie.

Sa voix acide, criarde, avait retenti jusque dans le pommier sous lequel ils paressaient.

Quinze jours s'étaient écoulés depuis la visite de Moncœur et de Trois-pièces.

- Z'êtes là ? Y'a quéqu'un ?

« Je connais cette voix », eut le temps de penser Mémère avant que l'appel, qui n'attendait pas vraiment de réponse, s'élève à nouveau dans l'air chaud de ce début d'après-midi.

- Y'a personne, ici ?

Cette modulation suraiguë, dotée de l'accent local, fit se redresser Mémère. Exaspérée, elle s'exclama :

- Ça, c'est l'Yvonne ! Elle est donc toujours en vie !

Pépère lui jeta un coup d'œil en coin. Il avait entendu, enfin, cru percevoir, s'il ne se trompait pas, comme une sorte de regret dans le ton de Mémère.

- Allons, allons, calme-toi, fit-il, essayant de l'apaiser. Elle ne vient pas si souvent.

- Elle pourrait ne pas venir encore. A-t-on idée de bouger par une chaleur pareille ? Va falloir que je lui fasse du café. Il fait déjà si chaud, grogna Mémère.

- Mais non, laisse-moi faire, fit Pépère, prenant les choses en main. Par ici, Yvonne, sous le pommier, cria-t-il, flûtant sa voix au maximum, sûr d'impressionner la cousine.

L'Yvonne déboula sur ses talons à l'assise trop fine, vêtue d'une robe en tissu éponge, à la mode d'un été précédent, qui sanglait ses débordements avec vigueur. Elle se tordit les chevilles en avançant sur l'herbe du verger, se jeta sur une vieille chaise de cuisine installée là par Mémère pour une visite improbable et… non souhaitée.

- On crève de chaud, beugla l'Yvonne, oubliant de saluer ses hôtes. Ch'sais pas comment que vous faites pour tenir.

Pépère et Mémère se regardèrent.

- Bonjour ! dirent-ils en chœur.

La jambe levée, l'Yvonne tentait, en vain, d'ôter sa chaussure. Le pied gonflé ne laissait pas sa propriétaire faire ce qu'elle voulait. Quand il céda enfin aux désirs de l'Yvonne, la bride s'arracha de sous la première de propreté.

L'Yvonne beugla :

- M… !

Ce à quoi Mémère répliqua :

- T'as pas changé, ma pauv' fille ! Toujours aussi polie. Quand on a un semblant d'éducation, on ne dit pas de gros mots à quelqu'un qui vous salue bien gentiment !

Ahurie, les yeux écarquillés, l'Yvonne souffla :

- Mais c'est pas à vous que je répondais. Je vais faire comment pour rentrer, moi, maintenant ?

- Comme t'es venue !

La voix de Mémère claqua dans la chaleur épaisse. Les bourdons, seuls, eurent l'outrecuidance de continuer leurs bourdonnements : un vrai travail de sonneurs.

Mémère ajouta, le ton radouci :

- J'te prêterai ma canne pour traverser la cour. Toi, t'as 'core oublié comment que c'est fait le sol à la campagne. C'est pas comme le goudron de ta ville. Qu'est-ce qui nous vaut l'honneur de ta visite ?

L'Yvonne referma la bouche en clappant. Elle grimaça et souffla, baissant le pied qui était resté sous le nez de Pépère.

- J'ai vu vot' maison à vendre en photos dans la vitrine d'un marchand de biens près de chez moi. Je me suis dit qu'il fallait qu'elle reste dans la famille.

- T'as bien de la sollicitude et le sens de la famille, dix ans sans prendre seulement de nos nouvelles. T'as flairé la bonne affaire ou quoi ? asséna Mémère, impitoyable.

- Ma chère tante, répliqua l'Yvonne vexée, qui appelait Mémère « Ma tante » depuis toute petite, tu n'as pas l'air bien contente de me voir. Pourtant je ne vous avais pas oubliés ; mais tu sais, la vie, les enfants, les occupations…

- Ça va, te fatigue pas ! coupa Mémère. Comme tout le monde, quoi ! Te tracasse pas, on va pas crever tout de suite. On pensera à toi, sur le testament. Tiens, on va boire un petit quéque chose pour fêter ça.

L'Yvonne se détendit :

- Un p'tit café serait pas de refus. J'ai pas pris le temps de prendre le mien à la maison, tant je me suis pressée. Je suis même venue sans rien… Ça m'a tourneboulée, cette annonce…

- J'te dis qu'on est pas sur le point de passer, malgré la chaleur ! Mais du café, j'ai point trop envie. Ça va encore m'inonder de sueur en me chauffant les intérieurs. Qu'est-ce t'en dis, toi, mon homme ?

Pépère posa les pieds sur le côté, et prenant appui sur ses mains, se leva aussi vite qu'il le put.

- Je m'occupe de tout !

Mémère le regarda, eut un petit sourire et lança :

- Merci, mon cœur !

Pépère trottina vers la maison, sous les yeux plissés de l'Yvonne qui l'observait. « Il a vieilli… » fut son seul commentaire.

Il pénétra dans la cuisine qu'un courant d'air ne parvenait pas à rafraîchir et salua Alibi, allongé de tout son long sur le sol carrelé.

- On n'est pas mal sous le pommier aussi, tu sais !

Le chien battit vaguement de la queue sans relever la tête, avança une patte paresseuse et renonça à soutenir la conversation.

Pépère attrapa un pichet de grès, tira de l'eau au robinet, agrippa trois verres et s'en revint vers les deux femmes qui conversaient paisiblement.

- Ça vous fait quel âge ? demandait l'Yvonne.

- Quatre-vingt-cinq en septembre. Ça fait plus de soixante-deux ans qu'on est marié. On s'est marié en janvier 19 quand Louis a été démobilisé. C'est sa mère, Louise, qui a élevé Paul pendant que je travaillais pour nous nourrir. Elle a été bien bonne pour moi – et ça tu vois, je ne l'oublie pas – quand ma famille m'a jetée à la rue.

- Dame, fille-mère à l'époque, c'était pas bien vu ! C'est juste un peu moins mal, maintenant ! commenta l'Yvonne qui, elle aussi, en son temps, avait affiché un ventre de cinq mois lors de ses noces, en robe blanche malgré le qu'en dira-t-on.

Pépère posa le pichet et les verres sur la table de bois peinte en blanc.

- Tenez, dit-il en versant de l'eau dans les verres. De l'eau bien fraîche.

- Ça fait du bien par où ça passe, dit Mémère en vidant son verre à grands traits

L'Yvonne l'imita :

- Bien frais, c'est vrai.

- Toute fraîche, sortie du puits.

L'Yvonne eut un hoquet.

- Du puits, s'étrangla-t-elle.

- Ben oui, du puits. La source a jamais tari. L'eau est bien propre.

L'Yvonne regarda Mémère, puis Pépère. Sa bouche se tordait légèrement.

- Ce n'est pas une plaisanterie ?

- Nooon ! firent les deux vieux en chœur.

L'Yvonne ne les avait pas vus depuis trop longtemps, sinon elle aurait su, compris, senti que le numéro des duettistes était bien rodé.

Elle posa lentement son verre sur la table. On aurait dit qu'elle essayait de déglutir une patte de crapaud.

- Vous en êtes là ? En 1981 ?

- Oh, tu sais, insinua Mémère en plissant des yeux, pendant la Grande Guerre, c'était pire. Y'avait des rats partout, et de la vermine, sans parler des camarades morts dont on retrouvait les morceaux un peu partout, à ce que m'a raconté Louis.

- Ouais, ouais, ouais, fit l'Yvonne d'une voix qui se voulait apaisante. Mais on n'est plus en 14-18.

- Ne bouge pas ! intima Pépère en tournant les talons. Je reviens.

- On a de l'eau d'Evian pour les visites, expliqua Mémère en se rengorgeant d'aise.

- Ah ! se détendit l'Yvonne, tout sourire retrouvé. C'est vrai que j'ai oublié comment on vit à la campagne. Mais je pensais… je croyais… enfin, je m'imaginais que vous aviez l'adduction d'eau dans le hameau.

- … La quoi ? fit Mémère.

- L'eau au robinet, si vous préférez.

- On l'a, faut pas croire, mais on préfère l'eau du puits pour boire. L'autre, elle a goût d'eau de Javel.

Pépère s'en revenait, une bouteille en verre dans la main.

- Il a vieilli…, fit observer à nouveau l'Yvonne.

- Oui, sans doute, comme tout le monde, dit Mémère avec légèreté. Mais au moins, lui, il ne radote pas.

Elle se tut, un sourire éclairant son visage.

L'Yvonne lui jeta un coup d'œil, ouvrit la bouche pour ajouter quelque chose, happa l'air, décida qu'il était plus prudent de se taire.

Elle serra aussi les dents lorsque Pépère jeta sur l'herbe le restant d'eau que contenait son verre pour le remplir d'eau minérale sans procéder à un rinçage préalable.

- Bon, dit-elle en esquissant un sourire, on fait comme ça, alors ?

Les deux vieux se regardèrent.

- On fait quoi ? s'enquit Pépère.

- Ben, le testament,… Tout, quoi… pour pas que la propriété quitte la famille.

Il y eut un instant de silence. La chaleur parut plus écrasante. L'ombre du pommier se fit plus légère.

- Oui, lâcha Pépère, après une réflexion qui parut douloureuse à Mémère. Oui, nous penserons à toi. Voilà, mon cœur, nous penserons à notre cousine.

- Le plus tard possible, quand même, tu comprends bien, ricana Mémère.

L'Yvonne hocha la tête, conciliante. Elle saisit le verre d'eau, en avala le contenu d'un trait, les yeux fermés, les lèvres pincées.

- Elle est moins fraîche, mais c'est plus sain. Avec cette chaleur, les bactéries pullulent, dit l'Yvonne avec conviction.

Pépère hocha la tête. Mémère sourit.

- On s'apprêtait à faire un petit somme quand tu es arrivée, dit Mémère d'une voix douce, gentille.

L'Yvonne se leva avec brusquerie.

- En ce cas, je vous laisse, fit-elle avec un empressement qu'elle ne se donnait même pas la peine de dissimuler. J'ai du travail qui m'attend.

- T'es pas bientôt à la retraite ? relança Mémère, histoire à la fois de causer et de ne pas avoir l'air de la mettre à la porte.

- Encore douze ans, ma bonne tante Marie, susurra l'Yvonne. Je me souviens, égrena-t-elle en retraversant la cour, suivie des deux vieux, quand je venais avec mes parents vous rendre visite. Vous nous donniez toujours plein de paniers de fruits. C'était le bon temps.

- Ouais, fit Mémère, dubitative. En pleine Occupation, tout de même.

Gênée, l'Yvonne s'arrêta pour contempler sa chaussure abîmée qu'elle traînait lourdement sur le sol pour ne pas la perdre.

- J'avais pas bien l'âge pour me rendre compte.

- T'as toujours pas l'air de l'avoir. Notre Paul était prisonnier en Allemagne. Ça lui a fait des vacances : il a pris du bon temps, comme tu dis !

Puis Mémère se tut.

Ils étaient arrivés près de la voiture de la visiteuse. Ils se becquetèrent sans émotion.

Pouh ! J'ai le derrière de plus en plus lourd ! Quand je vois la vieille Marie toute menue à côté de moi, je me dis qu'il est urgent que je fasse quelque chose ! Je vais devenir grosse comme ma mère, si ça continue ! Ça a beau plaire à mon Jo, moi, j'trouve ça moche, toute cette chair qui déborde, et encore, je maintiens en portant des robes serrées. Si j'achetais, ouais, une taille au-dessus, ça serait mieux, mais j'aurais le chic pour prendre encore du poids ! Je ne sais pas comment ça m'arrive : je mange pas grand-chose, pourtant ! Je grossis rien qu'à regarder les autres bouffer !

Bon !

Ben, c'est pas gagné, hein ! Il va falloir que je revienne plus souvent les voir, les deux vieux ! C'est vraiment pas gagné le coup de la maison. Ça me plairait pourtant bien de prendre ma retraite ici. Ça ferait... une résidence secondaire. Je pourrais inviter mes copines dans notre maison de campagne. Mon Jo, il pourrait toujours aller à la pêche, à la chasse. Bien sûr, il y a des travaux à faire, moderniser quoi. Mon Jo saura bien m'arranger tout ça !

Ouais, ça peut se faire, mais va falloir jouer serré, car la cousine, elle est rusée. Je sais jamais quand elle se paie ma tête, la vieille garce ! Va falloir que j'avale des couleuvres, mais le but à atteindre, c'est la maison.

Merde ! Peut pas faire attention, çui-là, non ? Ousque t'as eu ton permis ? Connard, va !

Bon, faut que je me calme, faut que je me calme ! Sinon, c'est pas la maison de la cousine que j'aurai pour finir mes jours, mais une concession au cimetière, en dur ! On n'est pas des chiens tout de même !

Faut que j'trouve un prétexte pour revenir les voir...

Remarque, ma pauvre Yvonne, ton prétexte, il est tout trouvé ! Car le plus abominable avec les vieux, c'est qu'il faut qu'on s'occupe d'eux !

L'Yvonne partie, Pépère et Mémère firent un crochet par la cuisine où somnolait Alibi. Pépère se pencha et vida dans la gamelle du chien le reste d'« Eau d'Evian » puisée à la même source que le pichet d'eau de puits.

Mémère riait de bon cœur.

Pépère la regarda, content du mauvais tour qu'il venait de jouer à la visiteuse.

- C'est de la ville, tout ça, désormais, conclut Mémère. On peut pourtant leur faire croire n'importe quoi ! J't'en ficherais du testament, moi. Elle a oublié que nos enfants passent avant elle, et les petits-enfants, sans parler de ceux à venir ?

- Laisse, dit Pépère, qui voyait sa moitié s'échauffer inutilement. On ne la reverra pas de si tôt.

Et ils regagnèrent leurs chaises longues, suivis d'Alibi, convaincu par Pépère qu'il ferait meilleur sous le pommier.

III

Ce matin, ça ne va pas.

Elle a le nez dans le bol et le regard qui se perd dans une réflexion douloureuse. Pépère se montre gentil, attentionné. Il la connaît par cœur, sa Marie. Tant qu'elle n'aura pas trouvé un début de solution à son problème, elle ne dira rien. Pas un mot ne franchira ses lèvres. La ride profonde entre ses sourcils se creusera un peu plus. Elle évitera son regard autant qu'il lui sera possible.

Elle avale une gorgée de café fumant. Le chaud la réveille. Elle pose son bol rudement, heurtant la table. D'un doigt las, elle étale les gouttes de café qui ont éclaboussé la toile cirée.

Pépère achève de verser du lait dans son propre bol et se fait plus attentif encore. Elle va parler, dire ce qu'elle a sur le cœur.

- Tu sais… commence-t-elle.

Puis elle se tait.

Ouh la ! Ce doit être sacrément important pour que la bonne formule ne lui vienne pas sans réflexion.

- Non, je ne sais pas, répond Pépère.

Il range sa cuiller contre son bol, près du couteau. Sa tartine beurrée attendra bien encore un peu.

Mémère sort de sa léthargie, s'irrite. Pas trop, l'irritation, ça use.

- Je sais bien que tu ne sais pas. Tu ne peux quand même pas deviner à quoi je pense ! Tu serais devin, maintenant ?

Le lait retombe aussi vite qu'il est monté.

- Déjeune pendant que c'est chaud, dit-elle d'un ton affectueux. Tu ne te rappelles pas que tu détestes le café tiède ?

Si, si, il s'en souvient. Il obtempère fissa.

- Je n'arrive pas à dire ce que je ressens, ronchonne-t-elle. Ça me met en colère contre moi.

Ça, Pépère l'a bien remarqué.

Il attend.

- Tu comprends, reprend-elle, il y a trois semaines maintenant que j'ai dit à la Pauly de ne plus revenir. Et l'Yvonne, la semaine passée, nous a dit que la maison était en photos dans la vitrine de l'agence.

- Et alors ? fait Pépère qui commence à saisir le problème.

- Eh bien, l'Yvonne a dit qu'aussitôt qu'elle a vu l'annonce, elle a sauté dans sa voiture pour venir nous voir, sans prendre le temps d'acheter un petit quéque chose…

- Acheter quoi ? fait Pépère qui ne suit plus.

- Elle est venue ici les mains vides.

Et devant le regard effaré de Pépère, elle ajoute :

- Quand on rend visite à quelqu'un, on apporte un petit cadeau.

- Ah bon ! s'exclame Pépère sincèrement surpris.

Il y a si longtemps qu'ils n'ont pas été invités ou qu'on est venu les voir qu'il ne sait pas, qu'il ne sait plus ces choses-là. Et puis il ne s'est jamais embarrassé de ces manières. Mémère était là pour tout régler. Et, avant elle, Mémé Louise.

Son travail lui a pris toute sa vie. Il n'a eu ni le temps ni le goût d'apprendre les usages de la société. Le peu de loisir qu'il lui restait a servi à améliorer le quotidien de Mémère. Il a fabriqué tous les meubles de la maison, entretenu le potager, pris soin du verger. Aujourd'hui encore, il bichonne les outils, qui ne lui servent qu'en de rares occasions. Il n'a plus la force. Ni l'envie. Surtout l'envie. Il a trimé trop longtemps, trop dur.

Ses enfants n'ont pas voulu de la même vie.

Marie-Victoire a épousé un gars des Chemins de Fer avant la guerre, un jeune veuf flanqué de trois enfants en bas âge. Lorsque Paul a été rapatrié d'Allemagne et démobilisé, son beau-frère l'a fait entrer aux services d'entretien de la voirie.

Leur vie s'est écoulée, loin de leurs parents. Les vacances favorisaient les retrouvailles à moindre coût. Puis, à la mort de Jean, leur gendre, il y a dix ans, les liens se sont distendus. Et chaque famille s'est mise à vieillir, chacune dans son coin de France.

Cette mise en demeure d'aller en maison de retraite a favorisé le retour des enfants. Et Marie sent confusément qu'elle va devoir batailler pour sauvegarder le droit de vieillir et mourir chez elle.

Ainsi pense Pépère.

Ainsi ne pense pas Mémère.

Elle se moque d'avoir à batailler. Elle l'a fait toute son existence.

Ce à quoi Mémère pense, c'est que la Pauly n'a pas retiré de la vente leur maison, deux semaines après qu'elle lui a signifié son congé. Pourquoi ? Malgré tout, ils n'ont plus de visites. Pourquoi ? Les enfants n'ont pas réagi. Donc, cela signifie qu'ils ne sont pas au courant que la vente n'est plus au goût de leurs parents. Madame Pauly n'a rien dit. Bien sûr, elle ne connaît pas la famille des deux vieux.

Sur toutes ses interrogations, Mémère n'a trouvé de réponse qu'à l'une d'entre elles.

Et ça l'agace, Mémère, ça l'agace !

Ça l'agace même profondément, jusqu'à l'irritation, cette aigreur qu'elle déverse sur Pépère, faute d'un autre interlocuteur. Gare au premier visiteur qui franchirait le seuil ! Il trinquerait pour tout le monde !

- Santé ! dira Pépère quand il veut ramener Mémère à plus d'indulgence. Et si elle ne veut pas comprendre il ajoutera « Laisse pisser le mérinos », expression familiale qui lui vient d'il ne sait plus où.

- Qu'est-ce que tu attends de moi ? s'informe Pépère, le ton le plus neutre possible.

Mémère se levait. Elle est stoppée net dans son geste et reste sans appui, le bol à la main, le derrière vingt centimètres au-dessus de la chaise. Mais comme elle n'a plus ses vingt ans, elle se laisse retomber et, finaude, réplique :

- Qu'est-ce que tu proposes ?

Voilà bien toute la question. Il y a bien longtemps que Pépère ne propose plus grand chose. Il prétend qu'il y a un temps pour tout. Et, l'hiver dernier, lors de la dernière lubie de Mémère – elle avait décidé de faire creuser une pièce d'eau au bas du verger et d'y mettre des poissons – Pépère avait lâché, pour la première fois en soixante-deux ans de mariage :

- Ce qu'il y a de fatiguant avec toi, c'est que tu as toujours trois tonnes de projets.

Il avait dit « tonne », comme s'il mesurait les idées de Mémère à l'aune de la tonne à lisier du voisin qui élevait des cochons en batterie et empuantissait régulièrement les alentours.

Mémère avait bien remarqué la similitude, mais elle avait oublié de se vexer : elle tenait à son projet qui n'avait pas encore pris forme.

- Question de temps, disait-elle.

Beaucoup la soupçonnaient de nier le temps parce qu'elle refusait la vieillesse. Ce qu'ils ne savaient pas ou ne voulaient pas savoir, c'est que Mémère avait eu une enfance et une jeunesse tellement détestables – de merde !, expression mémèrienne – qu'elle avait décidé, une fois pour toutes, que le temps et son corollaire, n'allaient pas l'embêter plus qu'elle n'avait à le tolérer.

- On n'a qu'une vie ! était le leitmotiv qu'elle ne se privait pas de claironner quand les arguments commençaient à lui faire défaut.

- Hein ? Qu'est-ce que tu proposes ? répéta Mémère, une once de triomphe dans la voix.

Il la surprit – vraiment – quand il lâcha, posément.

- On prend la voiture et on va lui demander, à madame Pauly.

Cela faisait une éternité que Pépère n'avait pas sorti la 2 CV. Il la maintenait en état de fonctionner, comme le reste de ses outils, mais cela n'allait pas plus loin. La camionnette de l'épicerie passait deux fois par semaine dans le hameau, et Mémère s'en trouvait bien. Seul, le prix affiché pour les légumes frais de saison faisait peine à Mémère. A leur âge, on n'a plus besoin de dépenser et Mémère cédait à ses envies au souvenir des haricots verts tout croquants dans la bouche, à la douceur sucrée du petit pois et – Oh ! Divine surprise d'un épicier débrouillard qui aimait ses clients – au parfum des fèves cuites en compagnie d'un morceau de lard.

Mémère ne traîna pas à prendre une décision.

- On y va ce matin ; on part tôt avant les chaleurs.

Elle mordit dans sa tartine avec une telle vigueur que son dentier bascula dans sa bouche et qu'elle dut le rattraper en hâte derrière sa serviette. Elle feignit d'ignorer la remarque de Pépère.

- C'est pour ça que je trempe mon pain dans le café. C'est plus facile à mâcher.

- T'as pas sorti les confitures !

Pépère se mit à rire. Cependant il se leva et, tournant le dos à sa moitié, il fourragea dans le buffet. Quand il revint s'asseoir et qu'il déposa le bocal près de Mémère qui attendait, il s'exclama :

- Tu m'as volé ma tartine !

- Elle était prête, répliqua Mémère avec aplomb. Il ne lui manquait que de la confiture.

Elle riait du tour qu'elle lui avait joué. Elle riait encore quand Pépère se coupa une nouvelle tranche de pain et la beurra avec soin.

Ils avaient laissé au chien la garde de la maison.

Pépère avait expliqué aux deux billes noires et attentives que c'était une mission très importante que de garder une maison contre les voleurs. Moins patiente, plus expéditive, Mémère avait lancé :

- Tu ne veux pas que je demande à la voisine de prendre soin de lui tant que tu y es ? Je ne sais pas, moi, changer sa couche, donner son biberon…

Elle avait fui sous le regard assassin de Pépère. Elle s'était dépêchée de s'installer dans la 2 CV et elle était très occupée à lisser sa jupe plus fleurie que prairie au printemps, quand il s'assit au volant de la voiture qui avait remplacé la 4 CV, possédée après la guerre. Mémère n'avait jamais essayé d'apprendre à conduire.

- J'ai posé ta canne sur la banquette arrière, à côté de la mienne, dit-elle, se montrant conciliante.

Il hocha la tête.

- Tu t'es déjà entendue quand tu grondes les chiens qui ont fait une bêtise ?

Pépère contrefit la voix de Mémère avec une mauvaise foi évidente :

- Tututut, Gaspard, c'est pas bien. Il ne faut pas recommencer. Sinon, je vais me fâcher !

Mémère bougonna :

- Est-ce que je te demande si ta grand-mère fait du vélo ?

Pépère rit.

- Démarre ! intima Mémère, fâchée.

Pépère se tut et obéit.

Le premier kilomètre, la 2 CV eut une allure cahotante de femme saoule. Puis, Pépère, rassuré de ne pas avoir tout oublié, reprit du poil de la bête et des réflexes, et se mit à rouler droit. Il atteignit la quatre voies et s'inséra de force dans le flot des voitures. Il s'attira quelques coups de klaxon, d'autant plus violents et répétés que Margaret – ainsi baptisée à l'époque où la sœur de Sa Très Gracieuse Majesté Britannique faisait la une des journaux à scandales – s'obstinait à ne pas dépasser les soixante kilomètres à l'heure.

Mémère ne boudait plus et commentait le paysage qui avait changé, disait-elle, ravie comme un enfant qui part en vacances pour la première fois.

Pépère ne l'écoutait pas, inquiet de la vitesse à laquelle roulaient les autres automobilistes. Exaspérés, ces derniers prenaient le temps de ralentir à la hauteur de la 2 CV quand ils la doublaient et montraient le poing à Pépère tandis que leurs délicieuses compagnes glapissaient comme des carpes, de la variété harpie, en tapotant leur tempe du doigt.

Pépère leur jetait un coup d'œil de côté, puis humilié, reportait son attention sur la route dont les panneaux indiquèrent bientôt Tabournay.

Il mit son clignotant et s'engagea sur la bretelle de sortie.

- Où tu vas ? demanda Mémère surprise.

- Je vais à Tabournay.

- Mais on va à Chardal.

- Il faut passer par Tabournay pour aller à Chardal. Tu as oublié ?

- Non, je croyais qu'on avait fait ces voies express pour aller plus vite.

- Oui, ça va plus vite, mais il faut passer par Tabournay pour aller à Chardal.

Ils se turent.

Ils suivirent les panneaux dans une bourgade qui n'avait pas trop changé hormis les hangars métalliques aux entrées et sorties dont les enseignes ne renseignaient sur rien. Pépère et Mémère ne parlaient que le français.

- Nichteclube ! déchiffra Mémère. Qu'est-ce que ça peut bien vouloir dire ?

Pépère ne répondit pas, trop occupé à repérer le panneau suivant qui le mènerait à Chardal.

- On s'y perdrait ! fit Mémère, soudain chagrine de constater l'évolution du monde sans son accord.

- Mais non, la rassura Pépère, on n'est pas perdu. On est souvent venu dans cette ville.

- Je ne parlais pas de la route, mais de la forêt de panneaux de réclame au bord des champs ! C'est laid et il y en a tellement que je ne suis pas sûre que cela amène de la pratique. C'est le travail bien fait et le bouche à oreille qui font que les artisans et les commerçants ont du travail. Et puis, l'accueil, aussi. Le sourire, l'amabilité, c'est important. Et la rapidité d'exécution, et la capacité à répondre au client, pas trois mois après qu'il a demandé. Et le service après-vente. Et savoir ne pas faire payer une petite réparation. Ah, les grosses, je dis pas ! Ce sont les détails qui vont amener d'autres gens recommandés par les premiers clients. Tu te souviens quand tu étais charron dans notre village ? Il y en avait trois. Quant tu t'es installé pour faire le quatrième, les gens ont dit qu'il n'y aurait pas de travail pour toi. Sûr que ça a été dur au début. Mais quand le François, il a pris sa retraite, presque toute sa pratique est venue chez toi. L'Albert, il avait déjà assez de travail comme ça. Et le Charles, il se faisait vieux, et il n'avait jamais été aussi soigneux que les autres. Dame, le coup de tutu à toute heure, ça n'aide pas à faire du bon travail. Il t'en a voulu, c'est sûr, mais c'est quand même pas de ta faute si les gens ont préféré te donner du travail à toi plutôt qu'au Charles. Hein ? J'ai pas raison ?

- Si, si ! fit Pépère qui n'avait pas tout suivi. Regarde !

Margaret s'engageait dans une bretelle d'accès à la voie express dont un panneau indiquait Chardal, 15 km.

Ce fut Mémère qui trouva la réponse quand ils furent bien engagés dans le flux. Pépère osa accélérer et atteignit un raisonnable 100 km/heure.

Enivrée par la vitesse, Mémère s'exclama :

- Ce sont des routes pour aller plus vite, en évitant les villes et les villages ! Tu dois pouvoir arriver nulle part avec leur système !

C'était jour de marché. La place était envahie d'étals, la foule déambulait sur les trottoirs, le caniveau, envahissait tout, se bousculait sans hâte à coups de paniers. Les cris des camelots s'entendaient de loin dominés par la voix puissante du charcutier ambulant, entêtante dans sa réclame répétitive.

« Demandez mes jarrets, mesdames, messieurs, mes beaux jarrets de porc tout chauds, demandez ! »

Dans cet univers clos et bruyant la chaleur semblait plus étouffante encore.

Margaret dut faire un détour et eut la chance de prendre très vite la place de stationnement d'un couple qui s'en allait.

Mémère descendit la première. Elle se frotta les reins à travers le tissu léger de sa jupe.

- Ça fait du bien de s'évader un peu ! fut son seul commentaire.

Pépère sourit et traduisit en silence le bonheur de Mémère. Quand elle empoigna les deux cannes, avant de lui tendre la sienne, il eut la vision d'une femme qui avait ôté vingt années au temps. Un bon sourire, des lumières malicieuses dans les yeux, gommaient les rides de son visage, adoucissaient l'expression souvent incisive de ses traits.

Pépère se passa la main sur les yeux.

Cela faisait plusieurs fois, ces temps-ci, qu'il était en proie à un trouble étrange. Devant lui le visage de la jeune fille qu'elle avait été prenait la place du masque de la vieille femme qu'elle était devenue. Les gens disaient de Mémère qu'elle était imprévisible sauf dans sa mauvaiseté. Pépère se fâchait. Elle n'était méchante – et encore de manière dérisoire – que lorsqu'elle se sentait blessée. Qui aurait pu deviner, ou seulement comprendre, que sa fêlure secrète remontait à l'époque où elle commençait sa vie de femme – à dix-sept ans – et où elle avait été rejetée – à tout jamais – par sa propre famille ? Une jeune fille, catholique et élevée pour être institutrice, ne pouvait pas s'amouracher du premier venu, fils de la laveuse et du cantonnier du pays. Elle ne pouvait pas être enceinte avant le mariage. « Elle ne devait pas être heureuse dans le mariage. », disait Pépère qui avait beaucoup appris dans les tranchées.

- Tu rêves ? lança Mémère, l'œil rigolard.

Il secoua la tête.

- Non, je vieillis, fut sa réponse.

Elle rit, mutine.

- Si je te dis : « Comme tout le monde ! », tu vas penser que je radote… Y'a que les vieux à savoir qu'ils ne radotent pas, murmura-t-elle en baissant la voix. Faut bien se faire des remparts contre le temps qui passe, parce que l'espoir de vivre encore longtemps, il s'amenuise, tu sais… Même si l'on fait des efforts pour ne pas croire à l'inéluctable. C'est quand on te parle de ta propre maison comme pouvant devenir celle des autres que tu te rends compte qu'aux yeux de ces mêmes autres, tu n'en as plus pour longtemps. C'est leur espoir et ils n'arrivent même plus à le cacher.

- Stop ! intima Pépère. Je ne veux pas que tu t'attristes, comme lorsque tu bois un demi verre de vin blanc !

Elle rit.

- Je ne suis pas triste, je suis réaliste ! On y va ? dit-elle, en empoignant son sac à main comme si c'était un cabas à pommes de terre.

Ils remontèrent la rue jusqu'à la place du Martrais.

- T'es sûre que c'est bien là ? s'inquiéta Pépère que les efforts et la foule bruyante faisaient transpirer à grosses gouttes.

- C'est ce qui était marqué sur le papier qu'on a signé, en tout cas.

Elle martela le sol de sa canne.

- Tiens ! Qu'est-ce que je te disais !

Devant eux, de l'autre côté de la place, s'étalait une enseigne à la taille si ridiculement imposante et moderne – sur une bâtisse du 15e siècle – qu'il eut été de mauvaise foi de ne pas l'avoir vue.

Même Pépère, peu sensible à ce genre de détails, s'offusqua :

- Ah ben, dis donc, ma pauvre Marie, ce serait difficile de les manquer. Agence Pauly.

- Agence Pauly, déchiffra Mémère, à son tour. Ça n'était pas si difficile. Tu nous vois, à l'hospice, à quatre-vingt-cinq ans ? On s'est débrouillé comme des jeunes !

- Mes articulations ont du mal à suivre, objecta Pépère.

- Manque d'habitude ! Sont rouillées, coupa Mémère. Ton cerveau, il n'est pas rouillé, lui. C'est ce qui importe !

Ils eurent vite fait de constater qu'ils s'étaient un peu pressés et que l'agence n'ouvrirait ses portes qu'à 9h30. Ils prirent le temps de bien éplucher les annonces et les photos dans la vitrine. Leur maison n'y était pas.

Puis Pépère proposa d'aller boire un café au bistrot du coin. Mémère ne se fit pas prier : il était amusant de constater qu'elle entendait tout malgré le brouhaha. Le patron avait à peine posé les tasses sur la table de la terrasse que les deux vieux aperçurent madame Pauly. Elle marchait sans se presser, souriant aux uns, serrant la main des autres.

- Une vraie politique en tournée, qu'est-ce que t'en penses ? commenta Mémère.

Pépère se leva quand madame Pauly passa près de la table et la salua. Un peu surprise de les voir là, et curieuse d'en connaître les raisons, elle accepta le café proposé par Pépère.

Mémère, qui avait rarement du temps à perdre, alla droit au but et expliqua les motifs de leur visite. Stupéfaite, madame Pauly confirma que la publicité concernant la maison du couple avait été enlevée le lendemain du passage des Montfort ou peut-être le surlendemain. Par contre, elle se souvenait fort bien – sans pouvoir en préciser la date – du passage d'une femme, un peu grosse, oui, passablement énervée, oui, et qui, oui, elle se le rappelait parfaitement parce qu'elle avait porté la même cinq ans plus tôt, était vêtue d'une robe en éponge qui la boudinait.

Pépère et Mémère échangèrent un regard inquiet.

- Et qu'est-ce qu'elle voulait ? s'enquit Mémère.

- Je ne crois pas trahir un secret professionnel en vous disant qu'elle voulait des renseignements sur une possibilité d'acheter votre propriété en viager. Je lui ai précisé que vous n'étiez plus vendeurs. Elle ne m'a pas cru puisqu'elle est allée vous rendre visite. Elle paraissait vous connaître : en tout cas, elle a su vous retrouver. Je n'ai donné ni votre adresse, ni votre nom.

- Une cousine éloignée, éructa Mémère, la lippe méprisante. Elle a toujours essayé de faire son beurre avec celui des autres. Mais nous ne sommes pas désireux de quitter cette maison et encore moins de céder la propriété à cette femme.

Madame Pauly hocha la tête, un air de sympathie sur le visage.

- Je comprends, dit-elle. Le plus tard possible sera le mieux.

Elle jeta un coup d'œil à sa montre.

- Il faut que j'aille ouvrir ma boutique, dit-elle en souriant. Merci pour le café. Si vous changez d'avis, je suis à votre disposition.

Elle serra la main des deux vieux et s'éloigna d'un pas vif.

- Tu parles, jeta Mémère, caustique. Toi aussi, ma belle, tu sais où trouver le beurre !

Et elle vida sa tasse d'un coup comme si, à travers ce geste, elle souhaitait avaler la terre entière.

L'expédition les avait fatigués. Sans même s'être concertés, leurs pieds et les deux cannes les ramenèrent tout doucettement à Margaret.

Ils arrivèrent chez eux avec le sentiment d'être partis depuis une éternité.

Mémère clopina vers la cuisine encore fraîche où l'attendait Gaspard qui eut une espèce de miaulement plaintif à la vue de sa maîtresse.

- On t'a manqué, hein ?

Mémère tapota le crâne du chien.

- J'ai su ce que je voulais savoir, tu sais. Les gens ne sont pas bien beaux : des vrais doigts crochus.

Mémère posa sa canne, se lava les mains au robinet, les essuya dans sa jupe et se mit à préparer une salade de tomates aux œufs durs pour le déjeuner. Elle continuait à discuter avec le chien qui l'écoutait, nez affalé sur les pattes avant, les yeux bien ouverts.

- Tu parles toute seule ? s'inquiéta Pépère qui venait de remiser Margaret sous l'appentis et tenait à la main le courrier que le facteur, en leur absence, avait déposé dans la boîte aux lettres.

- Non ! Je ne suis pas encore gâteuse. Je parle à Gaspard, qui m'écoute, lui, au moins…

- On a une lettre, remarqua Pépère en retournant une enveloppe rose.

- Ah ? Ça fait bien longtemps… Plus personne ne nous écrit que pour réclamer des sous. Ça vient de qui ?

Pépère examinait le timbre.

- D'Angleterre !

Il déchira l'enveloppe, lut le feuillet en silence. Mémère avait lâché son couteau et demeurait attentive.

- C'est Annie… Elle vient chez nous avec son fils, Jérôme… Elle arrive après-demain. C'est comme l'Yvonne, ça déboule quand on ne s'y attend pas ! Et de deux ! s'exclama Pépère, légèrement irrité. On n'a quand même plus vingt ans !

- Manquait plus que celle-là ! soupira Mémère.

IV

Ce fut Mémère qui, la première, entendit les claquements de portières, suivies de la cavalcade. Presque aussitôt, elle aperçut une grande jeune femme blonde, flanquée de deux énormes valises, arrêtée devant l'écriteau *A vendre*, lettres noires sur fond rouge.

Elle appela Pépère qui tripotait les casseroles sur la gazinière.

- Viens voir ! J'avais bien dit qu'ils se poseraient des questions.

Pépère baissa le feu sous la marmite en fonte où cuisait un lapin en capilotade. Il rejoignit Mémère près de la fenêtre. Un rideau de dentelle crocheté par Mémère les soirs d'hiver les dissimulait aux yeux des visiteurs.

La jeune femme blonde, leur petite-fille née du ménage de leur fils et de leur belle-fille Félicité, avait posé ses valises à terre et contemplait le panneau. Son attitude faisait penser à quelqu'un qui ne sait pas lire et hésite à comprendre le sens des mots.

Un homme vêtu d'une chemise trempée de sueur l'avait rejointe et lui parlait.

- T'as vu le gamin ? fit Pépère.

Un bel enfant métis galopait dans tous les sens, insensible à la chaleur.

Pépère et Mémère n'avaient pas vu leur petite-fille depuis une bonne vingtaine d'années. Dix ans plus tôt, Annie avait envoyé un faire-part de naissance. Dans la même foulée, Pépère et Mémère avait appris qu'ils étaient arrière-grands-parents et qu'Annie, qui avait signé Aneth – comme la plante – vivait en Angleterre. Du père, il n'était nullement question. Pépère et Mémère avait conclu qu'Annie vivait sans mari dans une époque qui prônait l'amour libre. Ils n'avaient pas interrogé les enfants et Paul et Félicité n'avaient rien dit.

L'homme s'était arrêté de parler. A son tour, il regarda le panneau. Il haussa les épaules et prit une brusque décision : il retourna à la voiture et se mit à vider le coffre avec méthode. Il empila le monceau de bagages au pied du poteau et d'Annie qui n'avait pas bougé.

L'enfant s'élança brusquement vers l'homme et lui prit des mains une caisse qu'il posa avec douceur sur l'herbe. Toute excitation disparue, il s'accroupit et regarda à l'intérieur. Il parlait à la caisse.

Pépère réagit le premier. Il eut une onde de pitié pour cette jeune femme qu'il ne connaissait pas, et dont le prénom représentait juste une petite-fille qu'il avait à peine connue, au gré des quelques semaines de vacances qu'elle passait avec son père et sa mère chez eux plus de trente ans auparavant.

- Viens, dit-il à Mémère, il nous faut l'accueillir. Elle me paraît avoir besoin d'aide.

- Tu crois ? C'est nous les vieux…

Le ton de Mémère avait une causticité qui déplut à Pépère.

- D'habitude, tu réagis plus vite. Tu ne vois pas qu'elle est désespérée ?

Les yeux de Mémère s'élargirent.

- Tu crois ? répéta-t-elle.

Mais cette fois, la causticité avait cédé la place à l'incrédulité. Elle se hâta de rejoindre Pépère dans la cour.

A leur vue, le chauffeur du taxi se figea devant son coffre.

L'enfant se redressa avec lenteur. Il sourit avec gaucherie et attendit, raidi, près de la caisse.

La jeune femme se tourna vers eux et balbutia « Vous partez ? » avec une telle détresse dans la voix que Mémère n'eut pas le courage de la rabrouer en lui faisant remarquer son impolitesse. Annie n'était quand même pas l'Yvonne. Dans son souvenir, Annie ne demandait jamais rien à personne. Elle faisait son petit fricot toute seule et n'élevait jamais la voix pour se plaindre.

- Non, dit Mémère d'une voix ferme et douce. C'est juste pour faire plaisir à certains qui se montreraient trop curieux. La Pauly n'a pas réclamé son panneau ; je n'allais quand même pas le lui rapporter !

Annie éclata en sanglots.

L'enfant se blottit contre sa mère et jeta un regard de défi aux deux vieux.

- Calme-toi, fit Pépère.

Il s'adressa au chauffeur de taxi.

- Y'en a encore beaucoup ?

L'homme hocha la tête.

- Encore deux sacs. Je dépose ou je rembarque ?

- Déposez. Je vais payer : ça ira plus vite.

Pépère se hâta vers la cuisine. Il prit l'argent dans la boîte à sous de Mémère : c'était une vieille boîte à gâteaux dont le couvercle, un peu rouillé, s'ornait d'une vue des remparts de Saint-Malo. Mémère la rangeait juste à côté des assiettes, près du sucrier, pensant ainsi berner les voleurs.

Le taxi parti, Annie sécha ses larmes et dit simplement :

- Je n'ai nulle part où aller. Est-ce que je peux m'installer chez vous avec le petit ?

Mémère opina.

- Tu crois que je vais te jeter à la rue ? fit-elle d'un air outragé. Tu es chez toi, ici. Tu nous expliqueras plus tard les raisons de tout ça.

Elle eut un geste qui balaya la cour, le « ça » semblant désigner aussi bien la pile de bagages que l'enfant ou encore la caisse d'où s'échappaient des cris plaintifs.

Pépère se pencha sur le garçon.

- Tu me montres ce qu'il y a dans cette boîte ?

L'enfant le regarda au fond des yeux, y lut de la bonté et un réel intérêt.

Il se baissa, entrouvrit le couvercle percé de trous. Trois petites têtes, fort occupées à téter une chatte de gouttière efflanquée, apparurent.

Pépère eut un sifflement.

- Eh ben… Eh ben…, répéta-t-il à plusieurs reprises.

- On les a trouvés dans un conteneur à ordures, expliqua Annie. Le couvercle était rabattu et la mère piaulait tout ce qu'elle pouvait au pied de la poubelle. On a décidé de l'aider. Le chauffeur de l'autocar n'a rien dit.

- T'as raison, fit Mémère. Une mère se doit d'aider une autre mère. T'avais peut-être pas quand même franchement besoin de ça en plus ?

- Au point où j'en suis, ça ne peut pas être pire ! remarqua Annie.

- Entrons, commanda Pépère. On rangera tous tes bagages après le déjeuner. Prends la boîte avec les chats dedans : il faut que Gaspard s'y habitue.

- Vous avez un chien ? sourit Annie. Vous avez toujours eu un chien. Vous alliez les chercher à la SPA. Entre abandonnés, ils vont s'entendre.

Ils entrèrent dans la maison tous les trois, accompagnés du garçon qui serrait la caisse très fort contre sa poitrine. Il n'avait pas encore prononcé un mot. Il suivait le mouvement.

Gaspard arrêta de gratter une puce imaginaire et lança un bref aboiement.

Effrayé, l'enfant laissa tomber son fardeau, le rattrapa avant qu'il ne s'écrase sur le carrelage. Dans la chute il se retrouva nez à museau avec le chien qui renifla la gent féline en émoi. La chatte feula et planta une patte griffue dans la truffe du chien. Une goutte de sang perla. Gaspard eut un jappement de douleur indigné et s'éloigna fissa, toutes raideurs articulaires oubliées.

- Chacun dans son coin ! ordonna Mémère en désignant du doigt l'endroit de la cuisine où devaient être installés les chats.

- *Place the cats over there… next to the cupboard !*[•] traduisit Annie à l'adresse de son fils.

L'enfant hocha la tête et obtempéra.

Pépère et Mémère, interloqués, se regardèrent.

- I' parle pas français ? s'étrangla Mémère.

Annie secoua la tête. Non, non, c'était la première fois depuis dix ans qu'elle remettait les pieds en France.

- Tu veux dire, articula Mémère, après un court instant de réflexion, que tes parents n'ont jamais vu ton fils ? Leur petit-fils ?

[•] - Pose les chats à cet endroit, près du buffet !

- Oui, c'est ça. Enfin, pas tout à fait. Quand je suis allée leur présenter Jérôme, peu après sa naissance, ils l'ont regardé et ma mère a dit « Pas de ça chez nous ». Papa m'a fourré en cachette des billets de banque dans les mains, et en traversant le jardin, il m'a dit de rester en contact, qu'il allait lui faire changer d'avis. Quand il a refermé le portail, j'ai regardé la maison. Ma mère était à la fenêtre de la chambre. Elle avait soulevé le rideau pour mieux voir. Quand elle s'est rendu compte que je l'observais, elle a laissé retomber le rideau. Je ne l'ai jamais revue. Je suis retournée en Angleterre. J'ai parfois reçu des mandats de Papa. Mais je n'ai pas pu me résoudre à apprendre le français à mon fils. Ça n'avait plus de sens, tu comprends, Mémère…

Annie s'assit lourdement sur une chaise de paille.

Pépère posa la cocotte en fonte sur le dessous de plat au carreau bleu.

Mémère attrapa le garçon ; avec fermeté, elle lui lava les mains au robinet de l'évier, puis le fit asseoir près d'elle, Pépère à sa droite, sa mère face à lui.

- Tu ne lui as pas appris à dire « maman » ?

- Non. Ça m'écorchait la bouche, avoua Annie.

- Sers-toi, Annie, et sers ton fils, dit Pépère en tendant une louche. Il mange de tout, j'espère ?

- Oui, il a appris à ne pas faire le difficile. C'est un chouette gosse. Il m'appelle Aneth, comme tout le monde. Annie, c'est bon pour le passé, et je préfère l'oublier. J'aimerais que vous en fassiez autant.

- On peut, n'est-ce pas, l'appeler Annette ?

Mémère consultait Pépère du regard.

- C'est dans l'ordre du possible, dit Pépère.

Il souriait.

Mémère, elle, se rembrunissait. Ses sourcils se resserraient : elle voyait bien les problèmes à venir ; elle devinait tout ce qu'Annie – Annette, pardon – ne disait pas, n'avait pas encore dit. Les hommes, ça ne voit jamais rien. Et quand ça voit, ça ne dit rien. Ça prend les choses comme ça vient. Mémère aurait voulu influencer le monde, rendre les gens heureux malgré eux, arrêter la marche du temps ; elle se sentait la force d'une égérie qui aurait arrêté les guerres en disant à des chefs d'Etat de cesser leurs querelles.

« Ils vont faire sauter la planète avec leurs rêves de déments », marmonnait Mémère lorsque le journal radiodiffusé s'arrêtait.

Les deux vieux se refusaient à « écouter » les informations à la télévision.

« On fait dire ce qu'on veut aux images ! », grondait Pépère.

« Et ça gâte la digestion ! », concluait Mémère.

Elle observait Annette qui dévorait son lapin aux pommes de terre sautées semblable à quelqu'un qui n'aurait pas mangé de huit jours. Jérôme se tenait à table en petit lord bien droit sur sa chaise, maniant ses couverts comme s'il se trouvait là à la cour des grands de ce monde.

- Tu pinoches ? Ce n'est pas bon ? fit Pépère brusquement attentif à la fourchette de Mémère qui déplaçait la viande dans l'assiette sans jamais trouver le chemin de la bouche.

- Si, si. Je réfléchissais.

Mémère fit un effort, goûta un morceau de râble, sourit aux trois paires d'yeux posées sur elle.

- Tu peux m'assurer que les gendarmes ne vont pas venir ici te chercher ? lâcha-t-elle tout à trac.

Aneth laissa tomber ses couverts.
- Mémère ! Tu as parfois de drôles d'idées ! Non, bien sûr que non !
Mémère eut un ricanement.
- Ça prouve que j'ai un cerveau, en état de fonctionner, je te prie de croire... Et… mon cerveau se demande pourquoi tu as tout quitté, l'Angleterre, ton travail… C'est normal, vois-tu, que je m'inquiète pour toi ! Et je peux te dire que tu ne facilites pas l'avenir de cet enfant qui ne parle ni ne comprend le français… Te rends-tu compte seulement de tous les problèmes qui vous attendent ?
Aneth fixa sa grand-mère un long moment. Aucune émotion ne transparaissait sur son visage. Lentement, elle articula ce qui sembla être aux oreilles de Mémère un énorme mensonge.
- Je ne peux plus vivre dans un pays qui laisse ses prisonniers politiques mourir en prison comme de vulgaires détenus de droit commun.
Pépère eut un sursaut. Mémère ne broncha pas.
- Annette, répliqua Mémère d'un ton qui se voulait conciliant, réponds-moi : qu'est-ce que la politique vient faire dans ta vie à toi ? Tu es capable de me l'expliquer ?
Aneth fronça les sourcils et eut un geste las de la main.
- C'est un choix de vie, Mémère. L'Angleterre n'est pas ma patrie, je te le rappelle ! Avez-vous seulement entendu parler de ces Irlandais, dont le député Bobby Sands, qu'on a laissé crever – il n'y a pas d'autre mot – en prison, il y a quelques semaines ? Mrs Thatcher en est la responsable. Je ne me sentais plus en sécurité, c'est tout… Mais je ne suis pas sûre que vous puissiez comprendre !

Ça suffisait comme ça ! Il fallait que Mémère mouche Annette : se tenir à l'écart de tout ne signifiait pas se tenir au courant de rien, que diable !

- Pourquoi ? Tu fais partie de l'IRA ? questionna Mémère, d'un ton sec.

Aneth secoua la tête.

- Et tu as pensé qu'en France, ce serait mieux ? fit Pépère, avec douceur.

La réponse d'Annette fut sans appel.

- Vous venez d'élire un président socialiste, non ?

- Tu penses que ça te convient mieux ? ricana Mémère.

- Tous les espoirs sont permis ! répliqua Aneth qui commençait à trouver sa grand-mère bien hargneuse.

- Ouh ! gémit Mémère. Attends de les voir au travail et on en rediscutera ! En 36, les socialistes en ont bavé, tu sais !

Elle avait l'air grave, tout à coup.

- Les patrons et les extrémistes de droite prenaient n'importe quel prétexte pour les traîner dans la boue et leur coller des bâtons dans les roues ! Ils ont bien réussi leur sale entreprise d'ailleurs !

Elle se tourna vers Pépère.

- Comment s'appelait-il déjà, ce ministre qui s'est suicidé ?

Pépère hésita un instant.

- Salengro, je crois ! C'est ça, Roger Salengro.

- Oui, tu as raison, c'est ça : Roger Salengro ! Au gaz, il s'est suicidé. Tu comprendras, appuya Mémère, un sourire crispé à l'intention d'Annette, que je souhaite attendre, avant d'émettre une opinion.

Aneth frissonna.

Mais au fond d'elle-même, Mémère était soulagée. Elle leva son verre à demi rempli de vin.

- Buvons à votre santé. Bienvenue chez nous.

Aneth refusa d'une main posée sur son verre le vin que Pépère voulait lui offrir. Elle attrapa le pichet d'eau, se servit, souleva son verre, le choqua à celui de sa grand-mère et soutint son regard.

- A la vôtre à tous les deux. Et merci pour l'accueil, je ne l'oublierai jamais.

Mémère fit un clin d'œil à Pépère.

- J'ai déjà entendu ça quelque part il y a… soixante-huit ans.

Aneth laissa errer son attention de l'un à l'autre, fourchette en suspens dans la main droite, verre à demi levé.

- Je comprendrai plus tard…

Mémère rit.

- C'est ça, continua Aneth, quand je serai grande.

Et elle s'esclaffa, comme jamais ses grands-parents ne l'avaient entendu rire encore.

Jérôme avait cessé de manger. Il regardait sa mère d'un air qui hésitait entre la surprise et la joie.

Pépère, qui observait chacun depuis un bon moment, se dit que l'arrivée d'Annette allait déclencher une tempête dont les vents n'étaient pas prêts de s'arrêter de souffler. Ce fut l'instant précis où il se mit à craindre pour Mémère.

Aneth riait toujours et Pépère avait peur.

V

Un fracas éclata, envahit la nuit.

Un éclair aveugla le ciel, passa la trame des nuages, éclaira la terre d'une lumière fugace. Des roulements se rapprochèrent, se répandirent dans la plaie béante.

- Gare ! cria Louis. Baissez la tête ! Mon lieutenant, réveillez-vous ! Ils nous attaquent !

Ses mains maladroites essayèrent d'enfiler le masque à gaz sur le visage de son lieutenant qui se débattait de toutes ses forces.

Une explosion éclata aux oreilles de Louis, se prolongea. La lumière se tenait comme en suspension autour de lui.

Louis hurla :

- Mon lieutenant ! Les shrapnells ! Planquez-vous, Bon Dieu ! On va tous crever !

Il fit à son chef un rempart de son corps. Il se cramponna à la bretelle de musette, empêchant le lieutenant de le repousser.

Dans le lointain, un jeune soldat criait, appelait sa mère d'une voix mêlée de sanglots terrorisés.

- *Mummy* ! *Mummy* !

Louis eut le temps de penser que la tranchée britannique, toute proche de la leur, avait été relevée le matin même. Ce devait être le baptême du feu pour certains jeunes soldats.

- La boucherie, mon lieutenant, ils les envoient de plus en plus jeunes à la boucherie !

Sa voix était pâteuse, engluée dans un cauchemar. Une lumière crue envahit tout son corps, une brûlure le traversa.

Louis ouvrit la bouche, voulut appeler à son tour, mais aucun son ne sortait. Il eut peur tout à coup, se crut mort.

Il ouvrit les yeux, se réveilla alors que le tonnerre se fracassait sur le verger. Des trombes d'eau se déversaient sur les toits du hameau. Un éclair transperça les doubles rideaux et illumina la chambre comme en plein jour. Quelque part dans la maison, un enfant pleurait et réclamait « *Mummy* ! *Mummy* ! » sans fin. Seule, la voix faiblissait.

Louis regarda, hébété, son lieutenant qui se dégageait de sous son corps recroquevillé. Il ferma les yeux une seconde, rouvrit les paupières : Marie était là, le chignon défait, s'empressait d'allumer la lampe de chevet. Sa longue tresse à laquelle il s'accrochait fermement pendait sur sa chemise de nuit.

- Vas-tu me lâcher, à la fin, gronda-t-elle.

Mais ses yeux étaient pleins de bonté et d'amour.

Louis desserra ses doigts et se rejeta sur son oreiller, le souffle coupé.

Mémère se pencha sur lui, inquiète.

- Ça va aller ? Tu es là. Avec moi… Seigneur ! Soixante-six ans après !… Comme vous avez dû souffrir…

Pépère la regardait, parfaitement réveillé.

Il passa une langue épaisse sur ses lèvres craquelées.

- J'ai soif, marmonna-t-il.

Mémère se leva.

- Je vais te chercher à boire, mais sois patient. Je vais m'occuper de l'enfant puisque sa mère ne paraît pas l'entendre.

- J'ai soif, répéta Pépère.

Elle s'arrêta au seuil de la chambre, regarda son homme, parut préoccupée.

- Je reviens, murmura-t-elle.

Il y avait de la douceur dans sa voix.

Leur chambre était au rez-de-chaussée. Mémère se dirigea vers la cuisine. Malgré l'obscurité, elle se déplaçait avec aisance. Elle fit couler de l'eau fraîche dans un grand verre et se hâta de rejoindre Pépère. Il avait allumé la lampe de chevet et se tenait assis dans le lit, le dos appuyé aux oreillers. La clarté semblait l'aider à évacuer ses cauchemars. Il lui prit le verre des mains, but à longues goulées. Il la regarda, un sourire triste au fond des yeux.

- Je t'aurai embêtée toute ta vie avec mes cauchemars.

Elle lui reprit le verre, passa un doigt sur le rebord comme pour en vérifier l'intégrité.

- Oui, sans doute, dit-elle, sans chercher à évacuer la question. Mais tu es revenu, et c'est ce qui compte. Même pas blessé. Je sais la chance que nous avons eue par rapport à d'autres. Tu te rappelles le fils de la Jeanne ? Et ton père, et ton frère qui y sont restés ? Mort à vingt ans dans les premiers combats… J'ai cru que ta mère, la Louise, allait devenir folle. Heureusement, elle avait Paul pour lui changer les idées. C'est vrai que je ne l'ai pas beaucoup élevé ce petiot. Et du coup, on n'a pas été très proches l'un de l'autre. Je crois qu'il m'en a voulu… Mais nous n'avions pas le choix ! C'était moi la plus jeune ; c'était à moi de faire bouillir la marmite. Je n'allais quand même pas laisser la Louise s'épuiser à laver le linge de toute la commune !

- Sauf celui de ta famille. J'ai jamais bien compris pourquoi, fit remarquer Pépère.

- Ils avaient du bien, argumenta Mémère d'une voix calme. J'avais ma fierté. Ils m'ont jetée à la rue quand je leur ai dit que j'attendais un petit de toi. Je n'allais pas accepter leur charité, si ?

- Tu avais besoin d'argent. Il valait bien celui des autres, non ?

- J'avais besoin d'amour, pas d'argent. J'étais leur fille, pas leur servante. Je me suis offert le luxe de dire non. Personne n'a compris, mais ça m'est égal, même encore aujourd'hui.

Pépère inclina la tête sur le buste. Depuis longtemps il ne ressentait plus aucune culpabilité d'avoir détourné sa Marie de l'avenir brillant d'institutrice auquel sa famille – aisée – la destinait.

Il leva la main et dit d'une voix lasse :

- Occupe-toi de l'enfant… La mère a le sommeil bien lourd tout de même…

Marie, ma Marie…Si tu savais comme je t'aime ! Si longtemps après notre rencontre et tant d'années de mariage, cela semble impossible aux yeux des autres. Et pourtant…

Tu m'as rendu heureux : je vois en toi encore aujourd'hui, la jeune fille que tu as été.

Dans le couple que nous avons formé, c'est toi qui t'es battue. Pour tout et n'importe quoi ! Tu possèdes une telle rage en toi, tu mets une violence si grande dans tout ce que tu entreprends que tu me fais peur, parfois. Pendant des années, j'ai pensé que tu trouverais, un jour, sur ta route, un mur plus fort que toi et qui te briserait. Je n'aurais plus eu qu'à me baisser pour ramasser les morceaux épars, comme autrefois dans les tranchées…

Mais cela ne s'est pas produit…

Tu sembles invincible…En définitive, le plus réjouissant chez les vieux, c'est quand ils se croient toujours jeunes !

Pourtant, depuis l'arrivée d'Annette, je sens monter une sorte de tourmente. Mon instinct me prévient d'un danger qui te menace et auquel tu te heurteras. Ce que tu as vécu, jeune femme enceinte et montrée du doigt, rejetée par les siens, n'est rien à côté de ce qui t'attend…

En accueillant Annette, nous avons laissé – comme on dit – entrer le loup dans la bergerie.

J'ai si peur pour toi, ma Marie. Je peux te protéger des autres, mais pas de toi-même…

Protège-toi, Marie…

Protège-toi.

Mémère glissa d'un chausson feutré dans le couloir et se hissa à l'étage. Arrivée sur le palier, elle souffla avec bruit.

- C'est plus de mon âge, tout ça…

Un éclair plus intense que les précédents illumina le carré de porte au moment précis où elle pénétrait dans la chambre. Le tonnerre couvrit le hurlement de l'enfant, et c'est un gamin fou de terreur que Mémère serra dans ses bras. D'une main douce mais ferme, elle lui débarbouilla d'un coin de drap le visage qu'un mélange de larmes, de morve et de sueur couvrait. Elle lui dit quelques mots, se souvint qu'il ne pouvait la comprendre. Elle attrapa l'oreiller tombé à terre, appuya Jérôme contre sa hanche et l'entraîna vers le couloir. Comme il se faisait lourd et hésitait à la suivre, elle fouilla dans sa mémoire. Elle baragouina les quelques mots d'anglais qu'elle avait retenus de films vus à la télévision et qui lui revenaient :

- *Come... Come... OK*• ?

Il leva sur elle un regard étonné, eut l'air de recouvrer un peu de sang-froid et cessa toute résistance. Il la précéda presque dans l'escalier et fut le premier à se réfugier dans le lit, tout contre Pépère qui l'entoura aussitôt d'une poigne affectueuse. Jérôme lança à son arrière-grand-père un regard de chien abandonné et se mussa plus fort encore.

Mémère les observa un court instant et, rassurée, tourna les talons, prête à repartir à l'assaut de l'étage. L'absence de réaction d'Annette l'inquiétait plus qu'elle ne voulait le montrer.

La pluie cinglait les carreaux de la fenêtre du couloir, un vent furieux battait les volets restés ouverts, coincés dans leurs taquets.

Mémère frappa.

Une fois.

Deux fois.

Puis elle tambourina à coups répétés.

En vain.

Elle tourna la poignée et entra dans la chambre.

Elle s'immobilisa, le regard rivé sur le fond de la pièce.

Une lampe à l'abat-jour bleu était allumée.

Annette reposait sur le dos, étalée, la tête à demi pendant hors du lit.

Mémère sentait son cœur cogner avec violence. Elle se cramponna à la porte, craignant de tomber. Elle aspira une goulée d'air, lâcha la poignée à contrecœur et avança en direction du lit à pas menus, chuchotant à mi-voix :

• - Viens... Viens... D'accord ?

- Oh non, mon Dieu, pas ça. Pas ça. Te laisse pas aller. Ce n'est rien. Tout va bien. Tout va bien.

Elle clopina plus qu'elle ne courut, s'affaissa sur le lit, saisit le poignet avec une tendre brutalité, appela :

- Annie ! Annie !… Annette !

Un hoquet la secoua quand Aneth gémit sans toutefois se réveiller. Les yeux de Mémère furetaient un peu partout à la recherche d'indices qui lui permettraient de comprendre ce qui s'était passé.

Sur la table de chevet, un petit tube renversé sur le napperon la narguait. Mémère lâcha le poignet d'Annette, saisit l'objet, lut le nom du médicament et comprit tout de suite. Elle ouvrit le flacon et, fébrile, renversa la moitié du contenu sur sa chemise de nuit. D'une main maladroite, elle rassembla les pilules éparses pour vérifier combien Annette en avait avalé.

Peu, semblait-il. Pas assez pour en mourir. Peut-être même n'avait-elle pris qu'un seul cachet.

Préoccupée, Mémère examina le visage de sa petite-fille. Elle dormait d'un sommeil lourd. Ses paupières étaient bistres, sa bouche marquée d'un pli amer. Elle bavait légèrement.

Mémère eut une hésitation profonde et longue. Elle livra une bagarre violente à ses scrupules. Une voix lui soufflait d'agir pourtant. C'était trop grave.

D'un revers de main, Mémère chassa sa dernière hésitation et se soulevant à demi, elle tira sur le drap, découvrant le corps d'Annette qui dormait toujours. Elle remonta la chemise de nuit légère, observa le ventre qui se soulevait au rythme de la respiration. Elle ne nota rien. Alors d'un geste doux, maternel, elle déboutonna le haut du caraco qui recouvrait la poitrine. La vérité lui sauta aux yeux : les seins étaient gonflés et fermes, les aréoles foncées et élargies.

Annette était enceinte. Annette fuyait Dieu seul savait quoi et avait trouvé refuge chez eux.

Mémère soupira, rhabilla Annette avec tendresse. Elle lui tâta le front, lui trouva la peau sèche. Elle secoua la tête, se leva et sortit de la chambre.

Demain.

Demain, il serait assez tôt pour poser les questions sans froisser et trouver les solutions.

Elle agita le tube de somnifères qu'elle avait emporté, fit un détour par les toilettes, jeta la totalité des cachets dans la cuvette, tira la chasse d'eau.

- Si Annette ne peut pas dormir, elle fera comme on a toujours fait ici, grommela Mémère d'un air satisfait. Tilleul ou lait au miel… Non mais…

Elle descendait l'escalier avec prudence lorsque, dans le même temps, un violent coup de tonnerre et un éclair d'un blanc cru frappèrent la maison. Mémère se retint à la rampe des deux mains et s'immobilisa. Dehors des trombes d'eau achevaient de noyer le jardin. Le rectangle de lumière de la chambre s'effaça et Mémère se retrouva plongée dans le noir.

- Manquait plus que ça !

Elle prit une profonde inspiration, ferma les yeux et se mit à descendre les marches une à une en se cramponnant à la main courante. Lorsqu'elle se retrouva dans le couloir, elle rouvrit les yeux, et toujours dans le noir de la nuit ponctué d'éclairs, elle fut prise d'un rire nerveux, évacuant l'angoisse des minutes précédentes. Elle poussa la porte de la chambre, aperçut furtivement ses deux hommes endormis l'un contre l'autre, le plus petit suçant son pouce.

- Bon, tout va bien.

Elle se dirigea vers la cuisine, les mains en avant.

Pas un bruit, hormis les roulements à l'extérieur et le battement des volets à l'étage. Elle s'avança vers le placard aux provisions, heurta un objet posé sur le sol d'où s'échappa une faible protestation.

Mémère jura, et se retint de justesse au buffet.

Elle ouvrit un tiroir, tâtonna, trouva sous ses doigts la bougie et la boîte d'allumettes qu'elle savait être là. Elle s'y reprit à trois fois avant d'enflammer la mèche. Le spectacle qui s'offrit à elle à ce moment-là, à la lumière tremblotante de la flamme, la récompensa de ses efforts. D'ordinaire, par temps d'orage, Gaspard se montrait très craintif, gémissant et pleurant. Si elle avait osé, Mémère l'aurait pris dans le lit. La crainte que Pépère ne fasse des réflexions sur les toutous à sa Mémère l'avait toujours freinée à temps.

Elle s'assit sur une des chaises de paille et abaissa la bougie pour mieux jouir du tableau.

Dans la caisse tapissée de vieilles serviettes de toilette, trois petites boules dormaient à pattes fermées, blotties contre le ventre de la chatte qui regardait Mémère de l'air calme et digne d'une mère qui fait confiance à une autre mère. Dans un autre coin de la caisse, un peu coincé, Gaspard se mussait contre l'ennemie d'hier, la tête collée contre son cou. La chatte donnait l'impression de le serrer entre ses bras et ne paraissait nullement troublée par la présence de ce vieil enfant supplémentaire.

Mémère hocha la tête, rit et caressa le crâne de la chatte.

- Toi aussi, tu veux sauver le monde, hein ? Malgré eux, en plus ? Enfin, quand ils s'introduisent chez toi, tu n'as pas le cœur à les jeter à la rue, toi non plus. Pourtant, tu n'as pas beaucoup plus de religion que moi, hein ? Comme quoi, tu vois, ma grande, on peut ne pas croire en Dieu et aimer son prochain.

La chatte ouvrit la gueule, bâilla, puissamment. Elle frotta sa tête contre la main tendue et se mit à ronronner. Elle se faisait la réflexion que, depuis deux jours, il ne lui était arrivé que des choses bizarres. Le bien succédait au mal, la fatigue bienheureuse remplaçait l'épuisement nerveux, l'angoisse presque folie qui l'avait submergée quand ses anciens maîtres lui avaient enlevé ses petits et l'avaient enfermée dans la maison.

Elle avait profité de la fenêtre entr'ouverte de la salle de bains pour s'échapper, sautant sur le toit de la véranda, atterrissant sans dommage sur la terrasse déserte à cette heure de la journée. Elle avait humé l'air matinal. Son instinct l'avait poussée au-delà du jardin, par-delà la ruelle qui bordait la maison, entraînée vers le carrefour où s'alignaient d'énormes poubelles collectives, près de la gare.

Quelque chose en elle la fit tourner dans cet enclos nauséabond où son amour maternel la forçait à croire que c'était là qu'on avait abandonné ses enfants. Elle avait miauhélé de longues minutes, ne s'arrêtant que dans l'espoir d'entendre un appel.

Elle piaulait d'une voix si déchirée de chagrin qu'une femme, assise sur un banc, d'énormes valises à ses pieds et un enfant blotti contre elle, s'était approchée et lui avait parlé avec douceur.

- Qu'est-ce qui t'arrive, ma minouche ? Tu as si faim que tu veux faire les poubelles ? J'ai encore un gâteau sec, si tu veux, je te le donne.

La chatte avait reniflé la main, et s'était tue.

C'est alors qu'un des petits répondit à son appel. La chatte eut un sursaut violent, partit en direction du conteneur et miauhéla longuement, puis se tut. Elle eut deux réponses en retour, qu'elle seule pouvait entendre. Elle entama alors une sorte de danse frénétique entre la poubelle et cette femme inconnue qui n'avait pas bougé et l'observait avec attention. De plus en plus nerveuse d'être incomprise, la chatte s'arrêta devant le conteneur, se leva et, dressée sur ses pattes arrière, elle miaula avec colère. L'angoisse qui émanait de ses cris était si forte, qu'émue, la femme se rapprocha. L'enfant la suivit.

- What's with the cat ?

- Well, I don't know. Looks like she's worried. Looks like there's something she needs in that skip.

- What is it, Mummy ?

- I told you : I don't know. But let's find out. I don't know what she wants. How strange ! She surely wants something...but what ? May be we have enough time to open that lid before the bus shows up.

- Dot it, Mummy. This cat needs help. It's crying...•

• - Qu'est-ce qui lui arrive à ce chat ?

- Eh bien, je ne sais pas. Elle a l'air très inquiète, comme s'il y avait quelque chose dans ce conteneur, quelque chose de très important pour elle.
- Maman, qu'est-ce que ça peut être ?
- Je t'ai dit que je ne sais pas. Peut-être qu'on pourrait ouvrir le couvercle. Je ne comprends pas ce qu'elle réclame. C'est très surprenant. C'est sûr qu'elle veut quelque chose... Mais quoi ?... Je pense que nous avons suffisamment de temps pour ouvrir ce couvercle avant l'arrivée du car.
- Fais-le, maman. Ce chat a besoin d'aide. Ce chat pleure.

- *You're right, little one.*[•]

La femme avait tendu son gâteau à l'enfant et soulevé le lourd couvercle. Une odeur insoutenable s'était échappée de la poubelle. La femme s'était penchée, avait attrapé la chatte et l'avait posée délicatement sur les sacs de plastique bleu ou noir.

Immédiatement la chatte s'était dirigée vers un carton jeté dans un coin et avait gratté avec frénésie. La femme l'avait soulevée à nouveau et ôtée de la poubelle malgré ses protestations. Cependant la chatte n'avait pas osé la griffer, sentant bien que la fin de ses soucis était à portée de cette femme.

Le carton se retrouva quelques secondes plus tard sur le trottoir et l'enfant aida sa mère à l'ouvrir.

Trois nouveau-nés ouvraient une gueule démesurée et criaient en silence pour des oreilles humaines. La chatte les lécha avec vigueur. Elle se coucha dans la boîte et offrit ses mamelles à ses enfants affamés. Elle devint sourde au reste du monde, entendant vaguement le bruit d'un couvercle que l'on ferme, une conversation dans une langue qu'elle ne connaissait pas, un autocar qui s'arrêtait, une discussion avec le chauffeur dans une langue qu'elle connaissait.

Ensuite elle savait que la femme l'avait emportée avec ses autres bagages et son enfant à elle, loin, très loin, très très loin de cette maison maudite où elle ne reviendrait jamais et qu'une nouvelle vie commençait pour elle et ses petits, mignotés par le garçon chargé de porter le carton les

---

[•] - Tu as raison, mon petit bonhomme.

contenant tous les quatre. Il s'acquittait de sa tâche comme s'il transportait un trésor aussi précieux que les joyaux de la couronne britannique.

Avant qu'elle ne s'endorme, elle avait entendu la femme expliquer au chauffeur, qui s'étonnait du moyen rudimentaire de transport, qu'une mère n'abandonne jamais une autre mère.

Elle, en tout cas, s'était abandonnée au destin qu'Aneth et Jérôme voulaient bien lui réserver.

En cette nuit où l'enfer se déchaînait au-dehors, elle était à l'abri, le ventre plein, les petits repus et en sécurité ; l'ennemi épouvanté avait trouvé refuge près d'elle sans qu'elle esquissât un seul coup de patte. Et voilà que cette vieille femme se penchait sur elle et lui parlait avec une sollicitude qu'elle avait rarement entendue.

Oui, décidément, elle était arrivée à bon port.

Elle ronronna plus fort et lécha la main de Mémère à petits coups précis et rugueux. Un miaulement de rire lui échappa aux mots que Mémère, émue, prononça.

- Oui, ma vieille, oui, ma douce…

C'était sa première portée, et elle possédait encore l'insolence de sa jeunesse.

Mémère étouffa un bâillement, jeta un coup d'œil torve sur l'horloge. Trois heures vingt-cinq. Trop tard pour se recoucher, pensa-t-elle. Elle se leva, claudiqua jusque vers le fauteuil de relaxation offert par Paul quelques années auparavant. Elle s'y étendit, recouvrit ses jambes du plaid et ferma les yeux. Ses pensées tourbillonnaient aussi fort que l'orage au dehors. La venue d'Annette allait bouleverser leur vie au-delà de l'imaginable. C'était à la fois une lumière inespérée et une ribambelle d'ennuis qui s'annonçaient.

Mémère ne parvenait pas à démêler quoi de l'une ou des autres l'emporterait jusqu'à l'instant où elle songea :

- C'est un enfant qui vient au monde et c'est ça l'essentiel.

Elle eut un petit rire de contentement, soupira et se laissa glisser dans le sommeil.

Un appel insistant déchirait le brouillard, une goutte d'eau s'entêtait à ponctuer un réveil douloureux.

- Mémère ? Ça va, Mémère ? Mémère…

Cette main sur son épaule s'alourdissait, lui secouait la bille d'agate qui lui roulait dans le crâne. Elle ouvrit à demi les paupières, entraperçut Annette habillée, coiffée et maquillée, le visage inquiet.

- Ah ! Quand même ! Tu m'as fait peur ! s'exclama Aneth.

Mémère ouvrit grand les deux yeux, se passa une main légère sur le visage, rit et grommela :

- Chacun son tour, ma cocotte !

Aneth se redressa, comme fouettée.

- Que veux-tu dire ?

Mémère rit de nouveau et esquiva la question.

- Aide-moi à me lever au lieu de poser toutes ces questions. Quel temps fait-il dehors ?

Aneth soupira :

- Il pleut un petit peu. Le ciel est très couvert, il y a du vent… Jérôme n'est pas dans sa chambre… Sais-tu où il est ?

Mémère se frotta les yeux.

- Ça n'a pas l'air de te tracasser plus que ça ! Dans ma chambre, si tu veux savoir. Avec son grand-père ! Dans ses bras. Il n'y avait pas de place pour trois dans le lit. J'ai laissé les amoureux terminer leur nuit ensemble et je me suis occupée de Gaspard.

- Gaspard ? Tu parles de… Alibi, ce chien ?

- Ah, ne commence pas ! Si toi aussi tu t'y mets, on va pas être amies, hein ? Alibi, Alibi, protesta Mémère, mais c'est le nom que Pépère donne à Gaspard quand il croit que je ne l'entends pas. Non mais ! Pépère a emprunté un livre au bibliobus un jour. Et crois-moi, il rigolait bien quand il lisait. Il disait que ça avait été écrit pour moi, et que le chien, notre chien, Gaspard, il devait s'appeler Alibi parce que cette bête était le prétexte que j'avais trouvé pour fureter autour des propriétés des voisins.

- Prétexte ? répéta Aneth qui n'avait jamais pu penser avant le petit déjeuner.

- Ben oui, quoi ! Sous prétexte de le faire pisser, je regarde ce qui se passe chez mes voisins. C'est ce que Pépère dit. Enfin, c'est ce qu'il croit. Je suis pas Hof Hou, le héros du livre, tout de même ! Moi, j'aime bien les gens. C'est pas par curiosité. Et puis il faut bien que mes yeux, ils regardent quelque chose quand le Gaspard, il fait ses besoins. Je peux pas avoir l'œil rivé sur son trou du cul, tout de même !

Eberluée, Aneth acquiesça. Alibi, aux fous, toutes ces phrases commençaient à lui donner le tournis. Pas que le manque de glucose, pensa-t-elle. Pourquoi elle me parle de fous ? C'est qui, ces gens-là ? Mémère serait-elle en train de perdre la tête ?

Aneth posa une main affectueuse sur l'épaule de la vieille dame.

- Viens, je vais nous faire un bon café. Avec des tartines beurrées. Tu fais toujours tes confitures ?

Mémère regarda sa petite-fille, sourit de plaisir.

- Tu t'en souviens encore ? Oui, j'en fais, mais des faciles, hein ! C'est plus de mon âge d'aller récolter les fraises ou les mûres.

- Tu m'apprendras ? glissa Aneth dans l'oreille de Mémère.

Mémère rit.

- Oui, mais t'as intérêt à être une élève douée, j'ai pas l'éternité devant moi pour te donner tous mes secrets.

Aneth agrippa violemment sa grand-mère.

- Tais-toi ! Ne dis pas ces bêtises. J'ai besoin de toi.

- Je suis là, je suis là, fit Mémère d'une voix qu'elle voulait apaisante. Et elle fila en direction du couloir tandis qu'Aneth s'attelait à la préparation du petit déjeuner – « Pas trop fort, le café ! » criait Mémère du fin fond des toilettes – et disposait les bols sur la toile cirée, chauffait le lait, grillait le pain, faisait passer le café.

La vaisselle remuée, les recommandations hélées de Mémère, les bruits d'eau, l'odeur du café et celle du pain finirent par réveiller les dormeurs qui surgirent en pyjamas, main dans la main, pieds nus sur le carrelage de la cuisine.

- *Hello, my little one !* salua Aneth, joyeuse. S*leep well ?*• Bonjour Pépère ! Bien dormi, toi aussi ?

- L'orage l'a effrayé. Nous avons fait connaissance. Deux copains dans l'enfer, ça aide, répondit Pépère en faisant asseoir Jérôme près de lui. Toi aussi, tu as dormi comme un loir, on dirait.

Aneth eut un rire léger.

- Oui, je n'ai rien entendu. Mémère, viens donc t'asseoir !

• Bonjour, mon petit bonhomme ! As-tu bien dormi ?

- Suis-je si décrépite et la tête me grouille-t-elle déjà que tu penses que mes jambes ne me portent plus ?

Interloquée, Aneth se figea.

- Mais… mais… mais…

- Oui ! s'exclama Mémère, j'ai quelques souvenirs d'école que j'aime bien placer dans la conversation. Pour une fois, nous avions été autorisées à sortir pour applaudir une troupe de théâtre ! Les sœurs étaient très sévères, mais notre professeur de français a su convaincre notre directrice que nous devions absolument assister à la représentation du *Bourgeois gentilhomme.*

Elle attrapa une tartine et la beurra.

- Il me faut attendre l'arrivée d'un étranger pour replacer ma science, sinon la famille pense que je radote.

Aneth eut un hoquet d'indignation.

- Tu… Tu…

- Quoi, tut, tut ?

- Tu penses ce que tu dis ? éructa Aneth.

- Je ne pense pas, je constate. Sers-moi donc mon café. Tu as l'air d'une poule qui a trouvé un couteau.

- Non, je ne te parle pas de ça ! s'exclama Aneth d'une voix plus aiguë où pointait l'irritation. Pose ton bol. Enlève ta main.

- Quoi alors ? fit Mémère avec candeur.

Pépère s'assit lourdement. Il pressentait que l'orage de la nuit dernière allait crever de nouveau. Que les grandes eaux se rouvriraient. Il eut un soupir un peu las. Il approuvait Mémère cependant. Il avait entendu claquer les sabots de madame Jourdain de loin. Ces dissimulations ne pouvaient plus s'éterniser.

Aneth s'obstinait à servir chacun avant de reprendre la parole. Il ne fallait pas qu'elle se fâche, il fallait juste qu'elle fasse comprendre à sa grand-mère la nécessité de surveiller ses mots qu'Aneth jugeait blessants.

Etranger. L'Anglaise. La Française.

A quel moment allait-elle être à sa place aux yeux des autres ? A quel moment cesserait-elle d'être une étrangère au sein de sa famille ?

Sa main eut une hésitation lorsqu'elle versa un fond de café dans son bol, noyant la pivoine qui étalait ses pétales sur les parois fendillées. Elle pinça les lèvres et songea dans un éclair douloureux : « Quelle famille ? Je ne les ai pas vus depuis près de vingt ans. » Mémère avait l'art d'appuyer juste là où ça faisait mal. Elle n'était pas méchante. Elle avait les embrouilles en horreur et Aneth jugea qu'elle n'avait pas joué franc-jeu avec ces deux vieux dont elle s'apprêtait à bouleverser la vie. Deux vieux qui l'avaient recueillie sans poser de questions, et qui n'avaient pas fait la remarque qu'on savait bien les trouver quand on avait besoin d'eux.

Pour la première fois de sa vie, Aneth trembla.

Elle trembla si fort qu'elle dut poser la cafetière sur la nappe.

Trois paires d'yeux suivaient ses mouvements avec une attention teintée d'inquiétude.

- Allons, allons… commença Pépère.

- *Mummy*, lança Jérôme d'une voix suraiguë où perçait la souffrance de l'enfant qui en a trop vu et voudrait hurler « STOP ! » à l'adulte qui l'entraîne dans sa folie destructrice.

- Je ne te veux aucun mal, crut bon d'ajouter Mémère. Elle posa sa tartine sur la nappe et tapota la main d'Annette qui éclata en sanglots.

Gaspard leva son derrière du panier où il était resté couché près de la chatte et claudiqua vers la jeune femme. Il la regarda, écroulée sur sa chaise, le visage rouge, barbouillé de larmes et de morve. Il ne restait rien de la belle jeune femme qui leur avait – à lui et à la Minette – servi leur déjeuner quelques minutes plus tôt. Dans son âme de vieux chien, un écho s'éveilla. Il posa une patte sur la cuisse d'Aneth, souleva ses reins engourdis et se mit à lui lécher le visage avec une application toute compatissante.

Il était si tendre, si touchant, son geste si inattendu que Pépère et Mémère se regardèrent et éclatèrent de rire en même temps.

Aneth enfouit son visage dans le cou du chien et la fourrure frisée du caniche acheva de la débarbouiller. Elle eut un pauvre sourire et articula avec difficulté.

- Si vous saviez ce qui m'arrive…

- On le sait, répliqua Mémère d'une voix qu'elle s'efforçait d'adoucir. On veut juste t'entendre le dire. Ce n'est pas à nous de deviner. On a passé l'âge de jouer ; ça file si vite le temps.

Aneth leva la tête, se moucha violemment dans sa serviette de table et lâcha, à voix basse, comme si son fils pouvait comprendre, des mots que ni Pépère, ni Mémère ne s'attendaient à entendre.

- J'ai été violée il y a deux mois et demi. Je suis enceinte.

Un silence, très long, flotta dans la cuisine.

Un jappement de Gaspard le rompit. Mémère sembla retrouver ses esprits et elle couina :

- Pourquoi as-tu gardé l'enfant ?

Aneth tourna la tête vers sa grand-mère. Elle cligna des paupières, ses yeux la brûlaient. Elle était désarmante de laideur et de candeur.

- Je ne sais pas, Mémère…

Le silence retomba.

Jérôme s'était laissé glisser de sa chaise. Il se colla à sa mère, l'entourant de ses bras. Aneth lui caressa la tête avec une douceur infinie, jouant avec les boucles de cheveux qui frisottaient sur le cou de l'enfant.

Après un moment qui sembla très long à tous, la voix d'Aneth s'éleva, détachée comme un constat.

- J'ai si peur de le haïr quand il sera là.

VI

Le banc était encore trempé des trombes de pluie de la nuit précédente. Les feuilles tendres du lilas étaient hachées menu. Pépère eut un geste las de la main. Mémère s'approcha, contempla le désastre, secoua la tête.

- Ne t'inquiète pas. Il va se refaire une santé. Il s'est toujours entêté à vivre.

Ils déambulèrent ainsi dans les allées du jardin, Gaspard sur les talons. Le chien furetait, le nez au ras du sol, à la recherche d'un terrain propice à un lever de patte. Mais l'orage avait tout effacé, noyant les odeurs préférées de l'animal sous une fragrance forte d'humus et d'ozone. Ils se retrouvèrent à l'entrée de la propriété, devant le piquet sur lequel était cloué le panneau « À vendre ».

Mémère eut un rire aigre.

- Ça n'est pas lui que le vent et la pluie auraient réduit en petit bois…

- Tant mieux ! fit Pépère. Au moins quand les enfants passeront nous rendre visite, on pourra continuer à faire semblant. Et on aura la paix ! Dieu, que c'est bon, la paix !

Mémère chuinta une sorte de grognement.

- J'ai une idée, commença-t-elle.

- Une seule ? fit Pépère, moqueur. Tu faiblis, dis donc !

Mais il se tut en constatant que Mémère ne réagissait pas à ses taquineries.

- Tu vas m'aider. Et le petit aussi.

- Il ne comprend pas ce qu'on lui dit ! objecta Pépère. C'est pas marrant de devoir toujours en passer par sa mère !

- Pas besoin de comprendre pour porter un outil, lâcha Mémère. Attends-moi là, je reviens.

Et elle trottina vers la grange accolée à la maison où Pépère remisait ses outils de charron. Quelques minutes plus tard, elle lui faisait face, les bras chargés d'un pot de géranium. Jérôme lui collait aux jupes, une binette dans une main, un arrosoir à demi rempli dans l'autre. Tous ces outils étaient bien trop lourds pour lui, mais une lueur particulière, qui ressemblait à de la fierté, brillait dans ses yeux sombres.

- *Come*, *come*, répétait Mémère en le pressant.

Pépère songea qu'il allait falloir acheter des bottes au petit dès que possible. Ce fut l'instant que Jérôme choisit pour piler devant son arrière-grand-père. Il lui arrosa copieusement les chaussures juste avant de le tacler d'un coup de manche de binette lorsqu'il essaya de redresser l'arrosoir.

- Ah ! fit Pépère, ces travailleurs du dimanche…

- Il débute, voyons ! protesta Mémère. On ne peut pas lui en vouloir. Tiens, creuse un trou ! Là, au pied du poteau. Mais non, là, voyons !

Pépère obéit fissa. Il se demanda un instant si la connivence récente de Mémère et de Jérôme était vouée à l'éliminer de leur route. Il sentait bien qu'il faisait barrage à un amour naissant : cette eau renversée destinée à lui faire attraper une pneumonie, ce coup en traître de manche d'outil prompt à l'abattre, ce trou enfin, qu'on lui demandait de creuser et… ce pot de géraniums visiblement apporté pour fleurir au plus tôt sa tombe.

Ce fut l'exclamation de Mémère qui le tira de sa rêverie.

- Qu'est-ce que tu nous chantes là ? Tu te fais ton cinéma tout seul ?

Pépère arrêta de creuser. Jérôme se jeta sur la binette, l'arracha aux mains du vieil homme et creusa à son tour.

Pépère rit. Il venait de comprendre qu'il avait pensé à voix haute.

- Tu vois bien que j'ai raison. Il veut te faire plaisir. Je suis de trop…

- L'avenir est tout entier dans la jeunesse, répliqua sentencieusement Mémère. Mais faut-il que je te rappelle qu'on n'attrape pas une pneumonie parce qu'on a les pieds mouillés ?

- C'est quoi, ton idée, au juste ?

Ils déposèrent le géranium avec sa motte au fond du trou, tassèrent la terre et Jérôme inonda le tout avant que Mémère daigne répondre.

- Tu viens d'assister à un enterrement de première classe. L'enterrement de la vente de la maison. Mort et enterré le projet des enfants de nous enfermer dans une maison de retraite !

- Un mouroir, rectifia Pépère, opinant de la tête.

- Et sur une tombe, on met des fleurs. Eh bien, c'est ce qu'on vient de faire. On est les seuls à savoir. Jérôme, lui, il ne comprend rien puisqu'il ne parle pas français. Si jamais on nous demande pourquoi on a fleuri le panneau, on dira qu'on a voulu attirer l'attention des acheteurs éventuels. Ça se remarque davantage, un panneau fleuri…

Pépère eut un petit rire.

- Tu penses toujours à tout. Comme une jeunette. Tu as quatre-vingt-cinq ans et dix ans d'âge dans la tête.

- Tut, tut, tut ! fit Mémère avec sérieux. Cinq ans et demi me semblent bien suffisant ! Précoce, certes, puisque je sais lire et écrire, mais pas plus de cinq ans et demi et ce, depuis plus de quarante ans ! Non, mais, ça ne va pas, non ? cria-t-elle tout à coup, faisant sursauter ses deux compères.

Son index furieux menaçait le coupable qui avait enfin trouvé une terre pissante et arrosait, lui aussi, le poteau et les feuilles bien vertes du géranium.

Pépère et Jérôme éclatèrent d'un même rire lorsque Gaspard s'enfuit, le derrière ramassé, sous les jurons bien sentis de sa douce maîtresse.

Des coups de klaxon les firent se retourner. La camionnette de l'épicier – genre boîte *Guigoz* – cahotait sur le chemin gravillonné couvert de fondrières remplies d'eau. Le chauffeur ouvrit la portière et lança :

- Pas de dégâts cette nuit ? Pas besoin d'aide ?

Mémère hocha la tête. Quelle sollicitude de la part d'un homme qui ne leur était rien ! Les enfants n'avaient pas encore appelé pour s'inquiéter d'eux.

- Vous tombez bien. On a de la visite.

Elle sourit et désigna Jérôme de la main.

- Mon arrière-petit-fils.

Il y avait de la fierté dans sa voix.

L'épicier contempla l'enfant, longuement. Une lente compréhension se lisait dans son regard. Il regarda Mémère, puis Pépère.

Il ouvrit la bouche, dit :

- Il est…

- Oui, fit Mémère lorsqu'il se tut. Il est Noir.

L'épicier lui jeta un coup d'œil, agacé.

- Non ! Ce n'est pas ça que je voulais dire.

- Ah ? s'exclama Pépère, intéressé.

- Oui, reprit l'homme. Je voulais dire qu'il est magnifique, ce gosse. Il fera tourner des têtes dans quelques années.

- Il ressemble à sa Mémère alors… dit Pépère avec lenteur.

L'épicier les fixa à tour de rôle. On eut dit qu'il prenait conscience que les deux vieux avaient été jeunes, qu'ils s'étaient aimés passionnément. Bien sûr, cette canne, ce chignon à moitié défait, cette vieille robe de chambre avachie l'empêchaient d'imaginer Mémère en amoureuse gémissant de plaisir sous les mains caressantes du vieil homme, debout aujourd'hui près d'elle, la couvrant d'un regard si tendre. L'épicier se sentit tout remué d'émotion.

De la fenêtre de la cuisine laissée ouverte, s'échappait un air de musique diffusé à la radio.

- J'y vais, alors ? Vous avez besoin de ravitaillement ? C'est que ça mange, à cet âge-là !

Et, sans même attendre une réponse, il avança sa camionnette dans la cour. La fenêtre de la cuisine servait de passe-plat. Ce système permettait à Mémère d'économiser ses forces ; les attentions de l'épicier ne poussaient pas jusqu'au rangement dans les placards.

C'est donc tout surpris qu'il se retrouva nez à nez avec Aneth que le bruit avait attirée.

- Salut, belle blonde ! lança l'épicier d'un ton guilleret en arrêtant le moteur.

Aneth se renfrogna et referma vivement la croisée. Son instinct, malmené depuis de nombreuses années, la prévenait d'un danger.

- Elle est accueillante, la belle blonde ! ricana l'épicier à l'adresse des deux vieux qui le rejoignaient.

- C'est ma petite-fille, expliqua Pépère.

- Et pas touche ! enchaîna Mémère qui découvrait un aspect du si gentil épicier.

- D'habitude, elles aiment ça, mes clientes, que je les complimente ! Ça les change de leur mari qui ne les voit plus, ou des compliments qu'elles ne reçoivent jamais, faute d'hommes dans leur vie.

Le plus agaçant avec les vieux, c'est qu'ils ont souvent raison. Mais là, madame Hesserie, vous vous trompez sur toute la ligne ! Si vous connaissiez la vérité, ma bonne madame Hesserie, est-ce que vous me regarderiez de la même façon ? Dès que les gens sont au courant, en une fraction de seconde, vous changez à leurs yeux ; au mieux, ils font semblant de n'avoir pas compris.

« Comment cela est-ce possible ? Vous aviez deviné ? Ses pauvres parents… Quelle honte, tout de même ! »

Et les chuchotements commencent lors de votre passage…

Alors dans un petit village, si on veut continuer à travailler, il vaut mieux camoufler ses goûts sexuels, ses déviances, comme ils disent… Sinon vous perdez votre pratique et bien sûr, votre gagne-pain.

Oui, je l'avoue.

J'aimerais savoir si vous aussi, vous porteriez sur moi un regard différent si vous appreniez que votre petite-fille chérie n'a rien à craindre de moi parce que je suis homosexuel, vous qui recueillez la misère humaine et animale, sans poser de questions.

J'aime à croire que non…

Je veux croire, madame, qu'il n'y aurait pas l'ombre d'un changement dans votre attitude, vos yeux sombres, votre regard droit…

Allez, madame Hesserie, j'vous fais une petite ristourne ?

Mémère grommela que des compliments de ce tonneau, on s'en passait volontiers quand on avait un brin de jugeote.

Pépère dissimula un sourire. Il estimait à part soi que Mémère s'emballait toujours dans un sens ou dans l'autre pour émettre un jugement sur les gens. Il lui répétait à l'envi que les gens parfaits n'existent pas et qu'on ne peut pas vivre en perpétuelle bisbille. Mémère baissait le nez une fraction de seconde et concluait la leçon en disant :

- Quand je me trompe, je reconnais mes torts !

Ils entrèrent dans la maison.

En rouvrant la fenêtre, Pépère dit à Mémère :

- Commande large. Je sens qu'on va avoir de la visite. Avec le temps qu'il fait, tu vas voir rappliquer les vacanciers !

Mémère hocha la tête.

- Tu as vu tout le travail qu'elle a abattu pendant qu'on était occupé à se promener dans le jardin et à fleurir… ta tombe ?

Pépère jeta un coup circulaire.

La vaisselle était faite et achevait de sécher sur l'égouttoir. La machine à laver le linge tournait. Les rideaux de la fenêtre trempaient dans l'évier. Les carreaux étaient propres, la cuisine rangée et fraîchement lavée : des traces d'humidité sur le sol en témoignaient. Le panier du chien et le carton des chats ne formaient plus qu'un même ensemble près du placard à provisions. On entendait Annette aller et venir entre la salle de bains et les toilettes. Il leur revenait par à-coups des bruits de robinetterie et d'eau qui coule, de fenêtres ouvertes et d'objets déplacés.

Mémère fixa Pépère avec attention.

Le visage du vieil homme reflétait une sorte de soulagement. Il était visible qu'il avait craint un surcroît de travail pour sa Marie, alors qu'en réalité c'était une aide inespérée qui leur tombait dessus.

- Alors ? lança l'épicier. La même chose que d'ordinaire, en double ?

Le téléphone sonna à cet instant.

Avant même qu'ils aient eu le temps de bouger, Aneth entra dans la cuisine, décrocha le combiné, dit « *Hello* », et se tut aussitôt.

Elle leur tournait le dos. Elle leur fit face aussi vivement qu'elle était entrée dans la pièce. Elle avait baissé le combiné qu'elle tenait serré entre ses mains. Son visage était très pâle, ses yeux agrandis de frayeur. Elle chuchota :

- C'est ma mère !

Les deux vieux se regardèrent, interloqués.

Mémère fut la première à réagir. Elle traversa la pièce avec une légèreté qui ne lui était pas habituelle, prit le téléphone des mains d'Annette et dit :

- C'est toi, Félicité ?... Oui, on va bien... Non, non, pas de dégâts... Tu n'avais pas reconnu ma voix ? Ah, ça doit être l'orage !... Ah, oui ! Il y a des fils à terre chez vous... Ah, oui ! Il y a eu des caves inondées... Ah... Oui, oui, je vois... Vous arrivez après-demain. Ah, c'est bien de prévenir... Ben, l'épicier est là, je vais commander davantage. Vous resterez longtemps ?... Comment ça, c'est une drôle de manière de demander ? Tu sais, ma bru, y'a plus que les corbeaux et l'épicier ambulant à se déplacer jusque chez nous... Aller à l'hypermarché... C'est sûr, c'est moins cher, mais tu dépenses plus puisque t'achètes même ce dont tu n'as pas besoin... Economie ? Je vois pas bien où est l'économie... Comment ça ? Eh ben, l'essence, l'électricité pour le congélateur et le temps et... la fatigue... Et après, il faut se rappeler encore ce qu'on a acheté... Ah ! On fonctionne pas pareil ? Ben non... Question de génération : je suis tellement plus vieille que toi ! J'ai été jeune, mais j'ai oublié comment c'était... C'est l'âge qui fait qu'on oublie... Je te passe Pépère ? Non ?... T'as rien à lui dire... Ah, ben oui... Tu lui diras, alors, que tu n'as rien à lui dire, quand tu le verras. Bon ben, je l'embrasse pour toi, alors. Oui, à jeudi, c'est ça. Enfin, faudra que tu me donnes un coup de main, hein, parce qu'ici il y a des invités !... Qui ça ?... Des amis, que tu n'as pas vus depuis longtemps, je crois. On en parlait à table, hier soir... Ben oui, bien sûr, ça sera plus agréable pour la conversation... Remarque, hein, y'a longtemps qu'on n'a pas causé comme ça toutes les deux ! Allez, on s'embrasse et Paul aussi, c'est ça. Allez, à jeudi…

Mémère raccrocha et souffla bruyamment.

- Eh bé, ça va lui donner à penser d'ici jeudi. Elle devinera jamais…

Pépère avait repris un air anxieux.

Annette restait immobile, le visage buté.

L'épicier chantonnait dans sa camionnette en remplissant les cageots des légumes que Mémère lui achetait chaque semaine. Il n'avait rien perdu de la conversation – Mémère avait parlé pour le hameau, selon son habitude, lorsqu'elle était au téléphone – car il s'arrêta un court instant pour demander.

- Je triple les quantités ?

- Mum, fit Mémère, va bien falloir… Ça va coûter cher, tout ça.

- Je vous ferai un prix puisque vous en prenez autant et que vous n'aimez pas l'hypermarché.

- C'est pas de refus, dit Mémère s'efforçant de camoufler un sourire de triomphe. Merci d'avance !

Elle fixa Pépère et Annette d'un regard bienveillant.

- Vous en faites pas tous les deux. Je vais lui clouer le bec à la Félicité ! C'est chez moi, ici, et il va bien falloir qu'elle s'en souvienne, au moins une fois dans sa vie. Et le Paul, il aura intérêt à montrer qu'il en a dans le pantalon !

- Mémère ! s'exclama Aneth, choquée par l'expression dans la bouche de sa grand-mère.

Mais la vieille dame riait à gorge déployée.

Et une fois encore, Pépère eut peur pour sa Marie.

VII

Assis tous les quatre à la table de la cuisine, ils examinaient l'album photo qu'Aneth avait sorti de sa grosse valise noire. Pépère et Mémère vivaient les premières années de leur arrière-petit-fils.

Jérôme commentait en anglais les lieux, les situations. Il riait, heureux. Sa mère traduisait. Rien ne laissait deviner la misère morale dans laquelle elle avait vécu. Seule, l'absence d'homme sur les photos posait question. Parfois, au moment des anniversaires, apparaissait le visage d'une nounou – pakistanaise, précisait Aneth. Les prises avaient été faites dans les jardins publics, plus rarement dans le logement qu'ils avaient occupé. Mémère prenait les photos entre ses doigts : elle détaillait, en louchant presque, la tête penchée, le mobilier, le décor impersonnel, n'arrivait pas à déterminer si la sobriété démontrait que la misère matérielle avait, elle aussi, été au rendez-vous.

« Tu as bazardé tout ça ! », répétait-elle, de loin en loin. Aneth ne répondait pas.

La lumière s'éteignit brusquement. Jérôme ouvrit de grands yeux, attentif aux gestes d'Aneth.

Dehors, il pleuvait à verse, la pièce était sombre. Pépère chercha en vain la panne : à force de gratter des allumettes, il constata que le disjoncteur n'avait pas sauté. Il en conclut que l'orage de la veille avait fait des dégâts importants sur le réseau électrique. Mémère et Aneth s'organisèrent. Mémère plongea dans les tiroirs de la commode et en sortit un véritable trésor de guerre ; des bougies blanches qu'Aneth s'empressa de piquer dans le goulot de bouteilles vides.

Et Jérôme, du haut de ses dix ans, riait, s'exclamait et applaudissait à deux mains à la vue de la pièce qui s'éclairait, des ombres menaçantes qui se profilaient sur les murs.

Comme il fallait s'y attendre, la panne se prolongea. Mémère découvrit avec horreur que la bouteille de gaz était vide.

- Tu n'en as pas d'avance ? s'étonna Aneth.

- Non, non, précisa Mémère. On fait six mois avec une bouteille. L'hiver, on prépare les repas sur la cuisinière à bois, tu vois. L'été, on mange beaucoup de plats froids. À notre âge, tu sais, un bout de jambon ou de pâté nous suffit bien. Le soir, un peu de fromage, un fruit et au lit...

Aneth fit la moue.

- Bien sûr, s'empressa de reprendre Mémère, pour toi et le petit, il faut du plus consistant. On va arranger ça.

Aneth pinça les lèvres. L'optimisme débridé de Mémère l'irritait. Elle avait l'habitude d'une vie modeste, certes, mais confortable. Elle ne voyait pas comment on allait « arranger ça ». On n'allait quand même pas allumer la vieille cuisinière à bois ? Elle eut un brusque frisson.

- Tu as froid ? demanda Mémère, à qui rien ne semblait échapper.

Aneth hocha la tête.

- Un peu, c'est la fatigue.

Mémère leva une bougie, consulta le thermomètre.

- 15° de moins qu'hier tout de même. Ça peut expliquer les frissons. L'écart est trop grand, c'est arrivé trop brutalement.

Puis elle s'enquit sans transition :

- Tu aimes les œufs ?

Oui, elle aime tout, Aneth. Quand on a du mal à gagner sa croûte, tout paraît bon. Mémère le sait pour elle, n'arrive pas à comprendre que ça puisse être vrai aussi pour sa petite-fille. Cette vie à l'étranger lui donne l'illusion d'une certaine richesse : pourtant Jérôme porte des vêtements simples et ceux d'Aneth ont connu un passé plus glorieux. Si l'on observe bien, on s'aperçoit que les couleurs ont pâli, les manches sont trop courtes. Le tissu de la jupe d'Aneth est luisant d'usure. Malgré tout, une dignité se dégage de ces deux êtres à laquelle Mémère est sensible.

- Et les pommes de terre ? Tu aimes les pommes de terre ? Avec une bonne salade verte ? Et du pain beurre ?

- Oui ! répondit Aneth, avec une fermeté inhabituelle dans la voix. Oui, Mémère, j'aime les pommes de terre et les œufs, mais pas crus, tu vois.

Mémère rit.

- Je ne me moque pas de toi. On va faire comme autrefois.

Aneth regarda Mémère. Elle était perplexe. Et ça se lisait dans son corps tendu, son expression inquiète.

- Tu as froid, dit Mémère, et il nous faut faire à manger. On va cuire les pommes de terre sous la cendre du feu qu'on va allumer dans... la cheminée. Le trépied, une poêle dans laquelle on cassera des œufs. Qu'en penses-tu ?

Déjà, Pépère s'était levé. Il alla chercher quelques bûches dans l'appentis. Il rapporta un fagot et fit signe à Jérôme de venir l'aider. Le gamin se prit au jeu et courut comme un cabri de la cheminée au bûcher. Il riait, il était heureux.

Gaspard s'était dressé dans son panier, inquiet de ce remue-ménage.

Aneth n'était pas restée inactive. Elle avait froissé du papier journal, entassé du petit bois et tenté d'y mettre le feu. Mais au lieu de la belle flambée espérée, une fumée misérable serpenta jusqu'aux deux femmes et ne réussit qu'à les faire tousser.

- Quelle misère de faire du feu dans la cheminée en plein mois de juillet, rouspéta Aneth.

Mémère rit de la mauvaise humeur que manifestait sa petite-fille.

- Viens voir comment il faut faire.

Et la vieille femme tisonna longuement la brassée de bois et de journaux. Elle craqua une allumette. Le journal s'enflamma et, timidement, la flammèche s'enfla et se communiqua au reste du bûcher.

- Il faut que l'air circule, ma petite fille. Avec quoi veux-tu que le feu s'alimente, hein ?

Elle lui parlait doucement, comme à un enfant fragile qui ne réussit pas son examen malgré toute l'application et le soin apportés.

Pépère posa sa dernière brassée de bûches et arrêta Jérôme dans son élan travailleur.

- Ça me rappelle ma jeunesse. Tu te souviens, Marie ? Quand je suis revenu, le petit Paul voulait tout le temps me donner un coup de main. J'avais perdu mon père, mon frère. Ma mère était trop lasse de vivre pour rester seule. Ta famille ne voulait plus de toi. Mais on était en vie et on pensait que c'était la dernière guerre qu'on avait vécue.

Mémère hocha la tête.

Aneth, accroupie sur ses talons, écoutait : elle pénétrait pour la première fois dans un passé dont elle ne savait rien.

- Ça n'a pas porté chance à mes parents de m'avoir rejetée ! se rappela Mémère à voix haute.

Aneth lui jeta un coup d'œil. Malgré elle, elle questionna :

- Pourquoi ? Que s'est-il passé ? Pourquoi t'ont-ils jetée, toi aussi ?

Mémère laissa échapper un petit rire. Il y avait si longtemps que c'était arrivé qu'elle ne ressentait plus de véritable rancœur. C'était juste la cicatrice d'une brûlure qu'elle grattait d'un doigt machinal.

- J'aimais ton grand-père. J'étais enceinte de ton père. Mes parents étaient riches, j'étais leur fille unique, j'aimais un charron, pauvre, dont la mère lavait le linge des bourgeois du pays. Je devais faire des études pour être institutrice, peut-être même professeur. Mon amoureux n'avait que son certificat d'études. Une véritable mésalliance.

- Oui, mais il était Blanc, lui ! ricana Aneth.

- On n'a pas élevé ton père dans cet esprit-là, gronda Mémère.

- C'est vrai, concéda Aneth, mais il est sous la coupe de ma mère...

- Qui a bien dû voter Tixier-Vignancourt en son temps ! Et Le Pen par la suite ! tonna Pépère, de l'évier où il lavait les pommes de terre. Tiens, Jérôme, essuie-les dans ce torchon.

Et il joignit le geste à la parole.

- Rajoute du petit bois dans le feu, ma grande. Il faut qu'on ait de la belle braise, sinon on n'est pas à la veille de manger.

- Enveloppe-les dans du papier aluminium, Mémère. Ça cuira plus vite.

Mémère rit.

- Ah ! Ça ne sera plus à l'ancienne, alors ?

- Si, on gagne juste un peu de temps. Je fais la salade, avec des tomates, pour faire plus joli. Vous n'avez plus de potager ?

- Annette, on est trop vieux !...

- Je pourrais en recréer un. J'ai le souvenir que tu as bêché longtemps, Pépère. Ça veut dire que la terre n'est pas trop lourde ?

Elle n'attendit pas la réponse.

- J'y mettrais des haricots verts, des carottes, des salades. C'est trop tard pour planter des tomates, n'est-ce pas ? Les pommes de terre, n'en parlons pas.

Elle redescendit sur terre avec une brusquerie qui déconcerta Pépère, attentif à tout.

- Il est où le papier alu ? Qu'est-ce qui est arrivé à tes parents, Mémère ?

- Dans le tiroir. Ils sont morts de la grippe espagnole. Ils n'ont jamais rencontré leurs petits-enfants. Comme j'étais leur seule fille, j'ai hérité de tout.

Aneth se redressa, interloquée.

Ses mains continuèrent d'envelopper les pommes de terre dans une feuille alu qu'elle découpait avec parcimonie.

Elle finit par lâcher :

- C'est la maison de tes parents, ici ?

Mémère secoua la tête.

Jamais ! Jamais elle n'aurait pu revenir en arrière, retrouver des souvenirs familiers, se heurter à des murs imprégnés des menaces, des cris, des pleurs. Jamais elle n'aurait pu franchir de nouveau des portes qu'on lui avait claquées au nez. Non, elle a tout vendu et acheté avec l'argent de l'héritage une jolie maison en pierres dans un hameau, loin du village. Le reste de l'argent, elle l'a donné à ses enfants lorsqu'ils ont quitté sa maison pour se marier.

Mémère devinait qu'Annette était une jeune femme sensible. Elle voyait bien à quel point elle était terrifiée par l'arrivée prochaine de ses parents. Lorsque Annette lui tendit les pommes de terre pour qu'elle les glisse dans la braise, Mémère, d'un mouvement furtif, lui caressa le dos de la main, retint un instant le poignet fragile orné d'un bracelet d'argent serti d'aigue-marine.

Aneth ne chercha pas à se libérer. Étonnée, elle leva les yeux sur Mémère, lut dans son regard de la bonté, une complicité inattendue, et une lueur d'inquiétude. Elle sourit en retour, et d'un geste habile, elle renversa la situation. Elle porta la main ridée à sa bouche, l'effleura d'un baiser, la serra un court moment contre sa joue fraîche.

- Tout ira bien, tu verras, chuchota Mémère. Ils ne te feront pas de mal. Pas devant nous. Ils n'oseront pas.

- J'ai peur. J'ai peur du mal qu'ils peuvent faire à Jérôme.

- Mais quel mal veux-tu donc qu'ils lui fassent ? s'exclama Pépère, qui n'a rien perdu de leur court conciliabule. Il ne comprend pas un traître mot de français ! Hein, mon garçon, que tu ne comprends rien à ce que je te raconte ?

Jérôme regarda son arrière-grand-père. Il savait que ce dernier lui parlait. Il rit. Il glissa sa main dans celle du vieil homme ; il le fixa. Il se concentra. Il ouvrit la bouche. Il articula du mieux qu'il le put :

« Peupaire ».

Et il rit, de plus belle.

Sa mère l'imita, sa gaieté naturelle retrouvée.

C'était une surprise magnifique pour les deux vieux. Pépère était tout ému, mais il ne voulait pas le montrer. Le premier mot en français de cet enfant, c'était pour lui, pour dire son nom. Pourvu que Mémère ne s'en offusque pas. Mémère n'y songeait pas. Avec Annette, elle avait sa part de bonheur. Elle trouvait une fille bien à elle, à la personnalité forte, riche, complexe, fort éloignée de celle de sa propre fille, la tante d'Annette, une enfant falote, puis une femme médiocre qui n'a jamais osé dire que son derrière lui appartient.

Mémère fronça le sourcil. Elle réfléchissait. Elle savait, par expérience, que Félicité, sa belle-fille, allait prendre le moindre prétexte pour tout critiquer. D'ailleurs, ne venait-elle pas pour accélérer le processus du déménagement en maison de retraite ?

Aneth approcha la poêle de l'âtre.

Son geste détourna un moment les pensées de la vieille femme. Inlassablement pourtant, le moindre détail la ramenait aux souvenirs mauvais qu'elle avait de celle qui, au fil des ans, était devenue son ennemie.

Les premières frictions entre Félicité et Mémère avaient été bien anodines. Elles étaient devenues fréquentes, puis inévitables. L'eau avait débordé du vase le jour où Mémère avait préparé un repas dans cette même cheminée : soupe épaisse, omelette aux lardons. Félicité mangeait du bout des lèvres, critiquait tout. « Ça pue », avait-elle déclaré en posant sa fourchette et en repoussant sur la toile cirée son assiette remplie d'une belle part d'omelette. « Ça sent le fumé, ça ne pue pas ! » avait rétorqué Paul, son mari. Mémère n'avait plus jamais cherché à faire le moindre effort pour sa belle-fille. Les liens entre son fils et elle s'étaient distendus. Annie était sortie de leur vie. Le mépris de la bru réveillait une sorte de haine chez Mémère qui n'avait pourtant pas la réputation de détester grand monde. Mémère disait de Félicité que celle-ci avait le don d'extraire ce qu'il y avait de plus mauvais chez les autres et qu'il fallait lutter très fort pour ne pas être atteint de la même maladie. Et encore, Mémère ne savait pas à cette époque-là qu'Annette avait subi le même destin qu'elle ! Si ce viol et cette grossesse n'avaient pas eu lieu, Annette et Jérôme seraient-il revenus, seraient-ils là aujourd'hui réunis ?

Mémère se tourna vers eux. Ses yeux brillaient.

- Qui est le père de Jérôme ? Pourquoi n'est-il pas avec toi ? Il te donne de quoi vivre ?

Pépère s'interposa :

- Tu poses trop de questions, Marie.

- Laisse, Pépère. Vous avez le droit de savoir. Il s'appelle Kabeli Mbeki. Il était étudiant en économie. Il voulait vivre dans son pays, moi pas. Nous nous sommes séparés bons amis. Il n'a jamais su que j'étais enceinte de Jérôme. J'ai fait en sorte que personne ne le sache. J'ai changé de région.

- Son pays..., reprit Mémère, qui faisait semblant de ne pas tout saisir.

- Ben oui, quoi, son pays, répéta Aneth.

- C'est-à-dire ? insista Mémère.

- Marie..., râla Pépère.

- L'Afrique du Sud.

- ...

Les deux vieux restèrent pantois.

La radio parlait régulièrement de ce pays où l'Apartheid régnait en maître. Ils comprenaient la décision de leur petite-fille, même s'ils ne l'approuvaient pas.

Priver un enfant de son père... Quelle étrange décision. Ne pas avertir l'homme qu'il va être père, quel manque d'honnêteté...

Louis et Marie se regardèrent. Marie baissa la tête, se concentra sur les pommes de terre.

- Et l'enfant à venir ? dit-elle, à voix si basse qu'Aneth crut avoir mal entendu.

- L'avenir ? répondit-elle juste au moment où Pépère demandait :

- Tu veux que je m'éloigne pendant que tu expliques tout à ta grand-mère ?

Aneth les regarda à tour de rôle. Elle hocha la tête. Ses yeux, sa bouche ne riaient plus.

- Non, Pépère. Tu peux rester. Je sais que je n'ai pas à avoir honte de ce qui s'est passé. Pourtant, je ne peux pas m'empêcher d'avoir honte. Je me sens très sale, j'ai peur de tout, je suis salie, salie... J'ai passé des heures à me laver, à frotter, à enlever les traces, les odeurs... Dès que je ferme les yeux, je revois cet homme qui me brutalise, sa sueur, son odeur, son halètement. Je sens encore ses coups sur mon visage, mon corps. Ses mains qui m'arrachent mes vêtements, le bruit du tissu qui se déchire... J'ai mal, Mémère, j'ai tellement mal...

Aneth pleurait des petits cris étouffés.

Jérôme, très droit et digne, attrapa la main de Pépère. Il n'en pouvait plus d'aider sa mère dans ce gros chagrin qui n'en finissait pas. C'était trop lourd pour lui. En cet instant, il passait le relais à un adulte qui allait s'occuper de sa mère. Il ressentait qu'ils étaient arrivés au port et qu'il fallait de l'aide véritable à sa mère. Leur fuite d'Angleterre – dans son esprit de dix ans, cela correspondait à une fuite, et il n'était pas si éloigné que cela de la vérité – l'avait bouleversé. Apprendre une langue nouvelle, totalement inconnue, s'imposait à lui : il essayait, de toutes ses forces, de comprendre ce qui se passait. Pourquoi n'avait-il pas connu ces gens-là plus tôt ? Il se rappelait la solitude dans laquelle sa mère et lui avaient vécu jusqu'à aujourd'hui. Pourquoi, alors qu'il y avait, loin, très loin certes, des personnes aimantes et attentives qui auraient pris soin d'eux ? Il avait vu trop de jours de doutes, d'angoisse, même si Aneth s'efforçait de lui cacher ses problèmes. Parfois, une enveloppe couverte d'une écriture serrée arrivait et il voyait le visage d'Aneth s'éclairer d'un soleil invisible aux yeux des autres. C'est d'ailleurs après avoir reçu un courrier de ce type qu'Aneth avait quitté l'Angleterre, emportant dans leur fuite tous les biens qu'elle avait jugé utiles. Et puis ils avaient sauvé les chats. Toutes les personnes croisées pendant ce long périple s'étaient montrées gentilles et prévenantes à leur égard, du douanier au chauffeur de taxi, jusqu'au conducteur d'autobus qui n'avait pas fait payer la gent féline.

Jérôme tourna son visage vers Pépère. Il lui pressa la main comme il en avait l'habitude avec sa mère quand il voulait attirer son attention.

Pépère se pencha sur le petit bonhomme au visage trop sérieux.

- Peupaire, *please ! Help Mummy. Tell Granny my Mummy cries a lot when she's all alone.*•

• - Aide maman, s'il te plaît. Dis à Grand-Mère que ma maman pleure beaucoup quand elle est toute seule.

- *Quiet, Jérôme. Granpa and Granny are too old now. We mustn't disturb them. Do you understand ?*

- *You need help, Mummy. Granny and Granpa could help you.*

- *They're too old for that, I'm telling you.*

- *They love you, Mummy. They love us both, they really do.*•

Mémère intervint. Elle avait reconnu plusieurs mots dans les échanges un peu vifs entre Annette et son fils.

- Cet enfant a raison. Tu as, vous avez, besoin d'aide. Affective, d'abord. Matérielle, ensuite. Et comme je suppose que tu ne veux rien devoir à personne, tu nous aideras aussi.

- Tu as, je crois, commencé à nous aider, remarqua Pépère.

Aneth écarquilla les yeux qu'elle avait très bleus, très lumineux.

- Comment ça ? renifla-t-elle.

- Ta grand-mère m'a montré hier que tu avais rangé, nettoyé la cuisine, la salle de bains.

- Vous nous avez nourris, mon fils et moi. Et je ne parle pas des chats... Quant à celui qui doit venir...

Elle passa une main sur son ventre.

- Ce sera un problème de plus. Enfin, peut-être...

- Qui était le père ?

La réaction d'Aneth fut violente.

• - Tais-toi, Jérôme. Pépère et Mémère sont trop âgés à présent. Nous ne devons pas les déranger, tu comprends ce que je veux dire ?

- Tu as besoin d'aide, maman. Grand-Mère et Grand-Père pourraient t'aider.

- Ils sont trop vieux, je t'ai dit

- Ils t'aiment, maman. Ils nous aiment tous les deux, vraiment.

- Le père ! hurla-t-elle en se levant. C'était le patron du bar dans lequel je faisais des heures sup. pour payer mon loyer. Mais ce n'est pas le père ! Cet enfant-là n'aura jamais de père ! Vous entendez ! Jamais !

- Où est le problème dont tu parles alors ? glissa Mémère d'une voix apaisante.

Aneth éclata d'un rire métallique.

- Il est d'origine asiatique.

Il y eut un bref silence que Mémère rompit.

- Je vois. Il va falloir être positive, ma petite fille, puisque tu vas garder l'enfant.

Aneth soupira avec bruit.

- Facile à dire, Mémère.

- Si, ma fille chérie. Tu vas nous créer un monde multicolore, à toi toute seule. Un monde plein d'amour, sans préjugés et sans racines.

VIII

Au matin suivant, EDF n'avait toujours pas rétabli le courant. Le café froid ne passa pas bien.

- Il va falloir aller chercher du gaz ! décréta Mémère qui sentait la mauvaise humeur l'atteindre.

Pépère, plus détendu malgré sa contrariété évidente, opina du chef.

- Et tant qu'à y être, continua Mémère, il faudrait qu'on aille en ville acheter quelques vêtements et des bottes pour cet enfant.

- En bus ? En taxi ? s'étonna Aneth qui bâillait à s'en décrocher la mâchoire. Vous ne vous faites pas livrer le gaz ?

- Qu'est-ce que tu crois ! répliqua Mémère d'une voix coupante. On a toujours Margaret ! Pépère conduit encore. Tiens, la semaine passée, nous sommes allés à Chardal. On avait une affaire urgente à régler. Mais qu'est-ce que t'as à bâiller comme ça ! T'as pas assez dormi ?

- Je trouve plus mes médicaments. Je m'agite toute la nuit et je m'endors au petit matin, juste quand il faut se lever.

Mémère baissa le nez et se bagarra contre sa conscience, une fois encore.

- Je les ai jetés dans les waters.

Elle ajouta avec du défi dans la voix :

- J'avais peur que tu aies fait une... bêtise, cette nuit-là.

Aneth détourna la tête. Elle y avait pensé toutes ces semaines après le viol. Elle y avait pensé encore et encore quand elle avait découvert qu'il y aurait des suites à cette agression.

Elle tourna un regard las, mais clair, vers Mémère et parla avec douceur :

- Qui s'occuperait de Jérôme, Mémère ? Je me dois de vivre pour lui, si ce n'est plus pour moi. Et, oui, pour répondre à ta question, que tu ne poses pas d'ailleurs, j'y ai pensé souvent. J'y pense encore. Oui, Mémère, on peut dire ça comme ça : c'est mon petit garçon qui me tient en vie... Il n'est pas responsable, même si c'est pour une... amélioration de son quotidien que je travaillais chez cette... ordure. Cet homme ne sera jamais le père de mon enfant : une ordure ne peut pas l'être, n'est-ce pas... Je n'ai pas le droit de lui apprendre à haïr son père. Comprends-tu, Mémère ?

Il y eut un silence, rompu par Pépère.

- Est-ce que Jérôme sait que tu vas avoir un enfant ?

- Non... Non... Non.

- Le meilleur moyen de le lui annoncer, c'est d'acheter quelques affaires pour le bébé quand nous ferons nos courses, décida Pépère. Je vous accompagne. Moi aussi, j'ai des achats à faire. Tu sais conduire, non ? Eh bien, tu vas être notre chauffeur.

- Je n'ai plus beaucoup d'argent, objecta Aneth.

- Tu veux une claque ou deux ? se mit à rire Mémère, sa bonne humeur retrouvée.

Des pas précipités sur le gravier, suivis d'un tambourinement sur la porte d'entrée les firent sursauter.

Jérôme courut ouvrir.

Une femme se jeta dans la cuisine, sans même un regard pour l'enfant. Elle parlait avec volubilité. Mémère sentait que cet énervement devenait communicatif. D'expérience, elle savait qu'il fallait arrêter ce flot de paroles ininterrompues.

Pépère songea à part soi que le défilé de l'armée des pleureuses avait bel et bien recommencé.

- STOP ! cria Mémère en levant les mains à hauteur du visage de la femme qui se tut aussitôt.

- Je n'ai pas d'électricité depuis hier soir...

- Nous non plus, interrompit Aneth.

- Je ne peux pas aller faire les courses sans voiture. La mienne est en panne.

- On va vous emmener, dit Pépère, en faisant la moue. Vous habitez où, d'ailleurs ?

Interloquée, la femme se tourna vers Pépère. Elle sourit.

- Je viens de vous le dire. Mais ma tante prétend que je parle trop vite et que personne ne me comprend. Il semble que ce soit vrai. Je suis la nièce de madame Lebrun, votre voisine. Elle entre en maison de retraite dans deux jours. J'ai quelques courses à faire pour elle, des marques pour le linge, des sous-vêtements neufs, enfin toutes ces petites choses, vous savez bien.

Le plus détestable chez les vieux, c'est qu'ils radotent ! Quand j'entends tante Madeleine…

Mémère se leva.

- Non, on ne sait pas, lança-t-elle avec aigreur, à dire vrai, on ne veut pas savoir. Le plus tard sera le mieux !

Aneth jeta un coup d'œil oblique à Mémère. Pourquoi la vieille dame avait-t-elle l'air tout à coup si en colère ?

- Allons-y ! dit-elle prenant les choses en main. On fera la toilette plus tard. De toute façon, il n'y a plus d'eau chaude non plus.

La nièce de madame Lebrun se leva avec brusquerie.

- Je file prévenir ma tante que je vous accompagne. Je suis de retour dans dix minutes, le temps de me changer.

Elle courait déjà. Elle lança par-dessus son épaule :

- Surtout, attendez-moi ! Je reviens, je reviens !

La porte claqua derrière elle.

Aneth sursauta.

-Mummy, who's that woman ? What is it that she wants ?•

- She's our neighbour and she's going shopping with us.

Pépère se tourna vers Mémère, perplexe.

- Mais au fait, comment s'appelle-t-elle, la nièce de la voisine ?

Mémère haussa les épaules. Ah ! Les questions inutiles de Pépère ! Comment le saurait-elle ? Madame Lebrun, leur voisine, ne poussait pas la conversation jusqu'à distinguer ses neveux – des neveux que Mémère n'avait jamais vus – les uns des autres.

- Tout ce que je peux te dire…, commença-t-elle, une pointe d'agacement dans la voix.

Elle se tut un instant, parut réfléchir, intensément. Oui, bien sûr ! Cette femme n'était pas à proprement parler la nièce, mais la femme d'un neveu !

- … c'est une nièce par alliance ! acheva Mémère avec des accents de triomphe. Madame Lebrun n'a que des neveux !

- Cela va être commode pour les distinguer, tiens ! ronchonna Pépère.

Aneth éclata de rire. Son esprit pratique lui avait déjà soufflé une réponse.

• - Maman, c'est qui cette dame ? Qu'est-ce qu'elle veut ?
- Elle va venir faire les courses avec nous. C'est la voisine.

- Tu n'as qu'à appeler la vieille dame, madame Lebrun, tante et la nièce, madame Lebrun, nièce !

Pépère soupira. Si elles s'y mettaient toutes les deux, à présent ! Il avait cru entendre sa Marie, l'espace d'un moment…

Dans les travées de l'hypermarché, chacun a réagi avec son tempérament et ses habitudes.

Aneth connaît ce genre de lieu comme sa poche : quelle que soit la ville, quel que soit le magasin, toutes les marchandises sont disposées selon le même plan.

La voisine aussi se débrouille bien.

Jérôme, lui, suit sa mère sagement, observe tout, ne demande rien, comme à l'accoutumée.

Pépère a un coup de chaud : trop de lumière, trop de monde, trop de bruit ; il demande à Aneth de lui indiquer le rayon jardinage et le bistrot.

Aneth rit. Elle ne se moque pas de Pépère. Elle rit de la spontanéité de son grand-père. Elle n'est pas au bout de ses surprises avec Mémère. Aneth prend Pépère en pitié.

- Installe-toi à une table quand tu as fini tes courses. Commande-toi un café, attends-nous là.

- Vous en avez pour longtemps ? s'inquiète Pépère.

- Une petite heure...

- Deux, donc, commente Pépère qui connaît bien mieux la gent féminine que les hypermarchés. Il ne sait pas encore que la conjugaison des deux est diabolique. Comme dirait Mémère, « T'achètes même ce dont tu n'as pas besoin ! » Et acheter prend forcément du temps, d'autant plus qu'il n'y a pas de vendeurs qui vous obligent à vous décider vite.

Il sourit.

- Passe-moi les clefs de la voiture. Je vous y attendrai après avoir fait mes achats.

Ils s'égaillent, tous, l'air affairé.

Pépère, un instant songeur, tourne les talons, traverse le parking et pénètre dans la salle du vieux bistrot qu'il a repéré un peu plus tôt.

- Bonjour ! lance-t-il à quelques clients sans obtenir de réponse.

Il ne se décourage pas, s'assied à une table près de l'entrée et ajoute à l'adresse de la serveuse qui attend sa commande sans piper mot :

- Un café chaud, avec un croissant, s'il vous plaît. Deux sucres, merci.

Pépère savoure son petit déjeuner. Certes, le café n'est pas aussi bon qu'à la maison, le croissant n'est pas au beurre, ni très frais... décongelé, peut-être ? Qu'importe ! Un café chaud remet en place les idées d'un homme sensé qui, malgré tout son bon sens, a décidé de faire une surprise à sa femme et à sa petite-fille. Un projet fou s'impose à lui et qu'il va mettre en œuvre, pour lequel il a besoin d'aide extérieure. Pépère, à l'instar de Mémère, ne doute de rien. Sa conviction va entraîner les autres.

Il tire un crayon de la poche intérieure de son gros veston à carreaux, écrit avec application sur un bout de papier déniché dans une autre poche le plan chronologique de son projet. Il sirote une gorgée de café, récupère d'un doigt distrait sur la table de formica rouge les miettes de son croissant. Il réfléchit. Il y a si longtemps qu'il n'a pas fait de potager... Ce serait bête de se tromper. Il veut que les envies d'Annette aboutissent. Il sent sa petite-fille si fragile qu'il devine qu'il doit l'accrocher à la vie par tous les moyens.

Il soulève sa casquette, se passe une main lourde dans les cheveux – rares – arrime à nouveau la casquette, écrit sa liste de graines et de plantes.

- haricots verts
- plants de salades
- plants de choux
- radis
- cornichons
- tomates
- etc.

Il se lève, paie ses consommations, sort sans saluer. Pour quoi faire ? Personne ne répondrait... Il se dirige à pas lents vers le hangar gigantesque et laid que tous appellent hypermarché.

Dans le rayon jardinage, il est surpris par l'énormité du choix. Il se concentre et vient à bout de ses difficultés. Il se paie même le luxe de prendre en supplément deux pieds de tomates très fatigués auxquels il prodiguera des soins particuliers.

Il rencontre Mémère alors qu'il se dirige vers la rangée de caisses.

Elle ne le rate pas.

- Tu te mets à vouloir sauver le monde entier, toi aussi ? dit-elle en désignant d'un doigt moqueur les plants de tomates. N'oublie pas de leur demander de l'argent avec puisque tu les en débarrasses !

Il y a du rire dans sa voix.

Elle s'éloigne à la recherche d'Annette. Il y a tant à voir, à examiner, à comprendre, qu'elle a perdu sa petite-fille de vue.

Elle tournicote d'une travée à l'autre, tombe en arrêt devant les sous-vêtements féminins.

Elle s'appuie sur sa canne, et détaille avec attention les lambeaux de tissu exposés. Elle compare les prix et s'exclame avec stupeur :

- Moins y' a de tissu, plus c'est cher !

Et tendant un doigt incrédule, elle murmure :

- C'est pas Dieu possible que ce soit une culotte, ça !

Les chalands, autour d'elle, sourient, s'éloignent.

Deux femmes d'un certain âge discutent à voix haute, sans se soucier d'être entendues.

Mémère s'approche, l'air qui se veut indifférent, les oreilles en alerte. A un moment, elle ne peut s'empêcher de rire. L'une des femmes se retourne alors et lui lance :

- Mais si, je vous assure, quand vous avez des hémorroïdes, un string, ça fait mal. Comme je le dis à mon amie...

- Je vous crois, je vous crois, s'empresse de dire Mémère, apaisante.

Elle joue de la canne pour s'éloigner du plus vite qu'elle peut du terrain miné.

- Ben si, continue l'autre, parlant de plus en plus fort, quand vous marchez, ça frotte, c'est irritant pour...

Sa voix n'atteint plus Mémère qui se dépêche, elle court presque et se heurte à Annette qui a la voix grondeuse.

- Eh bien, où étais-tu ? Tu ne m'as pas entendue t'appeler ?

- Si tu savais, ma chérie...

Aneth secoue la tête. Ça la fatigue cette expédition : deux gosses à surveiller, ce n'est plus possible ! Et quel budget Mémère leur alloue-t-elle ? A-t-elle seulement une idée du prix des vêtements ?

Comme si elle avait lu dans ses pensées, Mémère lâche, conciliante :

- As-tu trouvé ce qu'il vous faut, à tous les trois ?

Aneth ignore délibérément le « trois », répond, un peu lasse :

- Oui, j'ai trouvé... Viens voir...

Et Aneth repart à grandes enjambées. Elle a laissé Jérôme seul, et ça l'inquiète. On n'enlève pas les grands-mères, les enfants, si.

Elle contourne un représentant qui tente de la harponner.

- Sexy ! lance-t-il, l'œil concupiscent à l'adresse de la jeune femme qui grommelle un juron.

Un coup de canne de Mémère le fait se retourner.

- A moi, vous ne dites rien ? interroge la vieille dame.

- Je ne vends rien qui puisse vous intéresser, répond l'homme goguenard.

- Ah bon ! Je suis trop vieille ? Ou trop pauvre ? insiste Mémère. Trop laide, peut-être…

Aneth est revenue sur ses pas. Elle bouscule l'homme, attrape Mémère par le bras. Un peu trop vivement.

- Viens ! Je t'en supplie. Laisse cet imbécile à sa libido malsaine et machiste.

- Non mais, dites donc, je ne vous permets pas… s'insurge le représentant.

- Quoi ? rétorque Mémère en lui appliquant le pommeau de sa canne sous le menton. Vendre, ce n'est pas agresser le client. Otez-vous de mon chemin : marcher m'est difficile et ce n'est pas à moi de vous céder la place ! Il est même malheureux que je sois obligée de vous rappeler cette élémentaire politesse ! Que vous a donc appris votre mère, jeune homme ?

Elle a parlé fort, très fort.

Les chalands s'arrêtent. Un petit attroupement nuisible au commerce du représentant se constitue. Il s'écarte, à regret.

- Besoin d'aide, mesdames ? demande un monsieur âgé, très vieille France.

- Non, merci, ça ira ! réplique Aneth, pressée de quitter le terrain.

- A votre service, mesdames !

Le vieux monsieur soulève son feutre et salue les deux femmes avec élégance. Aneth hoche la tête et fuit.

Le représentant s'éloigne un instant dans le sens opposé, grinçant un « Connasses ! » entre ses dents.

Mémère et le vieux monsieur claudiquent de conserve vers la travée suivante. Mémère sent bien à travers les quelques mots qu'ils échangent que le vieil homme est ébloui par la beauté d'Annette. Il s'arrête brusquement devant la scène qui se déroule sous son regard d'abord ahuri, puis offusqué.

Aneth et son fils sont ensemble : elle montre à l'enfant les vêtements qu'elle a sélectionnés pour lui. Jérôme est heureux ; il rit, babille et embrasse sa mère avec une affection qu'elle lui rend.

Mémère s'attendrit devant le tableau.

- Ils sont bien beaux tous les deux, n'est-ce pas ? Un vrai plaisir…

Aucun écho à sa joie.

Mémère lève les yeux sur son compagnon de route.

Il est droit, raidi, à ses côtés, les deux mains serrées sur la pomme de sa canne. Il secoue la tête, la lippe légèrement méprisante. Une incompréhension totale se dégage de son imposante personne.

Mémère lui touche le bras.

Il s'écarte, lui jette un coup d'œil incrédule, tourne les talons en marmottant :

- C'est cela que devient la France !

Choquée, Mémère se tait, le cœur ravagé. C'est peut-être la première fois qu'elle est confrontée au racisme ordinaire. Pépère lui a souvent raconté le sort des soldats originaires d'Afrique du Nord et d'Afrique Noire. Aujourd'hui, en cet instant, elle en comprend toute la portée.

Une main légère se pose sur son épaule, tandis que deux autres, toutes petites, se glissent autour de sa taille. C'est Jérôme qui veut l'embrasser et qui lui sourit à pleines dents, blanches dans sa peau brune.

- Merci, Mémère, balbutie-t-il.

Mots nouveaux, tout juste appris de sa mère qui sourit tendrement à la vieille dame dont les yeux chavirent de chagrin. Aneth n'a rien entendu, mais tout compris. L'habitude.

- Laisse tomber, Mémère ! Tu ne convaincras pas les cons de leur propre bêtise ! ajoute-t-elle crûment. La bêtise, voyons, tu le sais bien, est la chose au monde que l'on partage le plus.

Elle fait face à la vieille femme dont les larmes embuent les yeux.

Mémère regarde sa petite-fille. Elle est très triste au fond d'elle-même. Mais l'enfant est là et il faut qu'elle réagisse, vite.

Elle caresse avec douceur le visage de son arrière-petit-fils et lui dit, sans se soucier d'être comprise :

- Et en plus mon pauvre petit amour, tu es fauché comme les blés. Je suis même à peu près sûre que tu n'as pas de religion. Ah ! Et j'allais oublier : tu ne parles même pas français…

Elle rit et ajoute :

- Avec la mère que tu as, c'est mal parti pour toi ! Et que dois-je dire de tes arrière-grands-parents qui ont conçu ton grand-père dans le péché ! Mais où va la France, en effet !

Aneth entre dans le jeu. Il est urgent que Mémère rie vraiment, retrouve sa bonne humeur.

- Oui, mais il a une grand-mère extraordinaire, ma mère, qui l'adore et veut l'avoir chez elle à toutes les vacances !

Mémère retrouve ses esprits.

- Oui, oui, je sais ! « Pas de ça chez nous ! ». C'est pour ça que je veux que tu habilles bien ce gosse, et toi aussi. Ecoute-moi bien ma petite fille, il ne faut pas lui donner de prise à ta mère. Qu'elle n'ait pas un seul reproche à te faire ! Entends-tu ? Cet enfant est bien éduqué, mais mal habillé. Il sent la misère à plein nez pour une bourgeoise comme ta mère. Ne te tracasse pas du prix des choses. A notre âge, on ne dépense plus beaucoup ! On ne va pas crever sur notre argent quand même ! Saisis-tu ce que j'essaie de te faire comprendre ?

- Papa m'envoyait régulièrement de l'argent. C'est grâce à ça que j'ai pu revenir. Mais je n'ai presque plus rien.

- Tu ne lui dis rien, à ta mère, tu entends ! Rien ! Qu'est-ce que tu avais comme travail en Angleterre ?

- J'enseignais le français dans une boîte privée, et le soir, je jouais les serveuses dans un pub. J'avais une gentille voisine pakistanaise qui prenait soin de Jérôme. Tu l'as vue sur les photos que je vous ai montrées à Pépère et à toi, hier matin…

Aneth se tait un instant avant de poursuivre.

- Tu sais ce qui m'est arrivé. Ma voisine a déménagé. L'argent de Papa est arrivé à point nommé. J'ai pensé à vous. Je me suis accrochée à cette idée que vous accueilleriez la femme et l'enfant avec autant de gentillesse et de cœur que vous aviez hébergé pendant les vacances la petite fille que j'étais… Même si je n'ai pas donné de nouvelles pendant tant d'années…

- Pendant vingt ans, conclut Mémère. Je ne t'en veux pas. Chacun sa vie. Tu as déjà changé la nôtre. Et tu vas nous aider à la terminer chez nous. Si tu le veux bien ! Ce ne sera pas forcément une partie de plaisir…

- La vie n'est pas que du plaisir, fait observer Aneth, pensive… Ça veut donc dire que Pépère et toi vous nous prenez en charge le temps que le bébé naisse et que je retrouve un emploi en France ?

Mémère hoche la tête, sourit.

- Et ce n'est pas pour em…bêter ta mère !

- Il n'empêche que tu ne veux pas qu'elle te dicte ta vie, toi non plus. Donc, si je comprends bien, on a beau vieillir, il y a toujours quelqu'un pour vous dicter votre conduite. Soumission aux lois des parents, de la société, du mari, des autres, et de tes enfants à qui tu causes des soucis.

- Si on ne peut plus y arriver tout seul, pourquoi pas ? Mais nous, on peut.

Aneth la regarde longuement, fixement.

- Dis ce que tu as sur le cœur, ma petite.

- Tu n'as pas peur que cette charge soit trop lourde pour moi, un jour ? Tu n'as pas peur que je vous abandonne...

- Si mon cerveau fonctionne, on avisera. Dans le cas contraire, la solution est toute trouvée : l'hospice. Je veux simplement choisir le moment tant que mes moyens intellectuels me le permettent. C'est si difficile à admettre ?

Aneth secoue la tête. Elle est lasse. Elle voit bien qu'elle se coltine des problèmes supplémentaires. Est-elle en position de tout envoyer promener...

La main de Mémère se pose sur son bras ; elle est légère et si pesante à la fois.

Aneth abaisse son regard embué sur la vieille dame, frémissante de l'attente d'une réponse.

- On va essayer, Mémère. Je ne promets pas de réussir.

- Merci, ma chérie. Jérôme, maintenant. Et le bébé, il va falloir expliquer...

- Non, plus tard, si tu veux bien. J'ai eu mon compte pour aujourd'hui.

- Alors, achète-moi de la laine et des aiguilles à tricoter. Je veux savoir si je sais faire encore !

Aneth pousse un soupir.

- Tu n'arrêtes donc jamais, Mémère ?

- Arrêter ? Quand je serai morte, j'y songerai, ma chérie ! Pas avant ! Crois-moi sur parole ! Fais voir tes vêtements neufs, Jérôme... Bien, bien. Maman a bon goût, tu sais. Et les bottes ? Tu as pensé aux bottes, Annette ? Ah, tiens, revoilà la nièce de notre voisine ! Vous avez trouvé tout ce qu'il vous faut ? Je ne savais pas qu'elle allait s'enterrer à Chardal.

- Ce n'est pas s'enterrer que d'aller en maison de retraite. L'endroit est propre, tenu par des religieuses dévouées aux malades. Elle y sera bien.

- Ouais ! fait Mémère, qui avait grimacé au mot « religieuse ». Je ne savais pas, ajoute-t-elle moqueuse, que les vieux étaient des malades ! Et être bien n'est pas synonyme d'être heureux, que je sache !

- Mais si, elle y sera mieux que chez elle. D'abord, c'est elle qui veut. Elle...

- Vraiment ? coupe Mémère. Je lui ai fait la causette ces derniers mois, elle ne m'en a pas parlé.

- Bon, c'est vrai qu'on lui a un peu forcé la main, mais...

- Ah !

Mémère tape de la canne sur le sol, triomphante.

- Nous y voilà ! Vous avez demandé pour elle, et quand une place s'est libérée, vous lui avez bien fait comprendre qu'elle allait perdre son tour, si elle n'acceptait pas, là, là tout de suite. Vous lui avez fait peur, quoi ! Aïe ! Qu'est-ce qu'il y a, Annette ? Je ne dois pas dire ce que je pense, c'est ça ? Eh bien, on ne me fera pas taire, figure-toi ! Et si elle n'est pas contente, madame la nièce, elle peut rentrer à pied !

Aneth et l'autre femme se regardent par-dessus la tête de Mémère qui, mécontente, fâchée contre la terre entière, se détourne d'elles et clopine, cassée, en direction des caisses. Elle lance tout en s'éloignant :

- Je vous attends dans la voiture ! Annette, n'oublie pas la laine et les aiguilles. Un peu de joie dans cette journée me ferait le plus grand bien. Ah, j'oubliais. Viens, que je te donne de l'argent.

Aneth s'approche et chuchote :

- J'aime bien tes colères, Mémère. Tant qu'il y a tes colères, il y a de la vie.

Mémère a un pauvre sourire. Elle fourrage dans son sac à main, en sort une poignée de billets de banque et les glisse dans le portefeuille que sa petite-fille lui tend. Elle s'éloigne, s'efforçant de redresser le dos pour bien montrer à l'humanité entière qu'elle a encore toute sa dignité d'être humain.

Le racisme ordinaire : en voilà une belle gangrène ! Celui qui est beau, bien habillé, l'air pas traqué, l'œil intelligent et vif, on oublie d'où il vient. Il peut être utile à la nation…

Et si encore tous les pauvres, les laissés-pour-compte s'unissaient, mais non, ils trouvent toujours plus bas qu'eux dans la société !

On reste marqué par ce que l'on a fait, ce que l'on a dit, aux yeux des autres.

Tiens ! Le vocabulaire, voilà le dernier stigmate à la mode. Parce que la mode rend les gens tous pareils, au moins en apparence et du moins le croient-ils tous, le vocabulaire, lui, les différencie. Et ça, c'est moche, vraiment moche.

Si tu dis « J'ai envie de dégueuler » ou « C'est à vomir… J'ai la nausée… J'ai envie de rendre » ou pire « de dégobiller », on sait tout de suite de quel milieu tu sors. Tu peux te mettre sur ton 31, tu ouvres la bouche et on sait que tu n'es pas passé par Polytechnique, et que tu n'as pas fréquenté la bonne société.

Elle n'est pas pourtant meilleure qu'une autre, la bonne société et elle a besoin de la mauvaise société pour vivre !

Qui lui torchonnera ses enfants et ses vieillards si le bon peuple n'est plus là ? Hein, not' bon maître ?

Bon Dieu ! Dès que l'on met de l'humain en jeu, on instaure une hiérarchie de valeurs… 36 n'aura pas servi à grand chose ! Les petits veulent imiter les grands… Attendons que les patrons reprennent la main et les petits vont en baver !…

Et on voudrait que je sois vieille ?

On voudrait que je sois raisonnable… et vieille ?

Mais le pire qu'il puisse arriver à un vieux, c'est quand il se trouve vieux !

IX

Les deux femmes avaient achevé leurs achats ensemble, sans piper mot. Qu'auraient-elles pu se dire, d'ailleurs ? Après le passage en caisse, elles s'étaient dirigées vers le parking où elles eurent tôt fait de retrouver Mémère errant dans les allées, l'air misérable et fatigué.

Elle leur jeta un coup d'œil torve.

- Je vieillis, dit-elle.

Ça sonnait comme un constat. Aneth comprit au quart de tour. Elle décida de dédramatiser.

- Eh bien, moi qui comptais sur toi pour m'aider à retrouver la voiture ! lança-t-elle, le ton plus enjoué qu'elle ne l'aurait voulu.

- Ne te moque pas de moi, en plus, répliqua Mémère, cinglante. Mais elle semblait sur le petit point de fondre en larmes.

Autour d'elles, le parking était plein. Margaret n'était plus visible. A l'horizon, pas de Pépère agitant sa casquette ou sa canne pour les guider.

Les trois femmes se mirent en marche, longeant d'instinct les rangées de stationnement.

Un coup de klaxon les fit sursauter.

Une grosse voiture essayait de passer. L'attelage lent de leurs deux chariots cheminant côte à côte encombrait l'espace.

- Qu'est-ce qu'il veut ? demanda Mémère, qui s'agaçait pour un rien.

- Passer : on prend toute la place, expliqua madame Lebrun, nièce.

- Alors ? Vous dégagez, oui ou merde ? gronda, furieux, l'automobiliste irascible, la tête hors de la voiture.

Aneth et madame Lebrun, nièce, rentrèrent, elles, leur tête dans les épaules et commencèrent à manœuvrer les chariots en position de repli. Elles connaissaient assez toutes deux Mémère pour savoir que cela n'allait pas en rester là.

Cette grossièreté semblait avoir fouetté Mémère qui se redressa et, furieuse à son tour, elle cria :

- Si t'es pressé, passe donc par-dessus, imbécile ! C'est pas parce que t'as une grosse voiture que t'es supposé écraser les autres… De toute façon, t'iras pas plus vite au paradis !

Aneth s'arrêta, et plantant là son chariot, se jeta au secours de Mémère, suivie de Jérôme qui avait vu l'automobiliste ouvrir sa portière à la volée.

La passagère avant descendit à son tour. Elle tenta de raisonner son mari.

- Laisse tomber, Alain ! Tu ne vas tout de même pas t'attaquer à une vieille dame ! Tu m'écoutes, oui !

Mémère attendait l'agresseur, le pied ferme, la main prête à lever la canne. Jérôme se glissa entre les deux, résolu.

- *Leave my grandma alone* !• cria-t-il, sûr d'être compris.

L'homme abaissa son regard sur la crevette qui le défiait et défendait son bien. Sa femme lui toucha le bras. Il la fixa et éructa, de l'écœurement dans la voix :

- Ils sont tous cinglés, je te dis. Cinglés de chez cinglés !

• - Laisse ma Grand-Mère tranquille !

- Si tu veux, mais tu leur fiches la paix. Là, c'est toi qui bloques toute la circulation. Et... tu es ridicule... ajouta-t-elle baissant la voix.

L'homme dégagea son bras, eut un grognement : il remonta dans sa grosse cylindrée, claqua la portière avec violence et démarra en trombe, au risque de provoquer un accident, laissant à peine le temps à sa femme de le rejoindre.

Mémère tremblait. Aneth n'aurait su dire si la rage ou la fatigue en était la cause.

- *Stop crying grandma. Please stop* !• répétait Jérôme avec douceur.

Madame Lebrun, nièce, restait figée, interdite devant l'acharnement de Mémère à réagir avec une violence insoupçonnable quand elle se sentait dans son bon droit.

- Quelle énergie ! murmura-t-elle entre ses dents. Bien trop pour la maison de retraite, en effet. Elle révolutionnerait tout.

Mémère s'essuya les yeux. Elle étouffait. Elle aurait voulu s'asseoir, respirer un bon coup et se dire qu'elle vivait un cauchemar. Au lieu de ce banc espéré, elle se tenait debout appuyée contre le chariot, l'estomac révulsé, nauséeuse de colère et de lassitude contre un monde qu'elle ne comprenait plus et qui la rejetait.

Tout allait trop vite. Traverser le marché de Chardal avait été une épreuve fatigante. L'hypermarché l'avait violemment projetée dans un univers nouveau dont elle ne détenait pas les codes et, qu'en définitive, elle ne souhaitait plus affronter. Elle comprenait, à défaut d'admettre, qu'à quatre-

• - Pleure pas, Grand-Mère, pleure pas !

vingt-cinq ans, elle soit un peu en marge d'une société qui n'attendait plus rien d'elle. Elle n'admettait pas, mais alors pas du tout, qu'on lui en fasse la remarque – plus ou moins déguisée – à chaque nouvelle expérience.

Elle se moucha un bon coup dans le mouchoir qu'elle avait brodé à ses initiales au moment où ses yeux étaient encore aptes pour ce genre de travaux minutieux.

« Même ça, c'est dépassé, songea-t-elle. Il y a des mouchoirs en papier que l'on jette. Je ne suis plus qu'une vieille, bonne à jeter. Je suis de trop, plus désirée. Je dérange, comme les pauvres petits de la chatte. Tout juste bonne à mettre à la poubelle. Quand les éboueurs passeront, il faudra que je leur dise de déposer un conteneur plus grand. Quand j'en aurai trop marre de leur monde de merde, j'irai dedans. On fermera le couvercle. Plus de Mémère, plus de Marie. Terminé ! On n'en parlera plus. »

Ces pensées noires eurent pour effet de faire couler ses larmes encore plus fort.

Aneth serra sa grand-mère tendrement contre elle.

- Allez, Mémère, ça va aller, ça va aller…

Mémère eut un pauvre sourire, essuya ses pleurs d'un revers de la main, se moucha avec bruit pour la seconde fois.

- Si tu le dis… Ramène-moi à la maison, ma grande. Il faut que je sois forte. Ta mère arrive demain et cette idée me fatigue déjà.

Madame Lebrun, nièce, les interrompit :

- J'ai repéré la voiture ! Votre mari n'a pas l'air de s'impatienter ! Vous avez de la chance ! Le mien trouve toujours que je passe trop de temps à tout.

Mémère la regarda bien en face. Sa verve naturelle reprit le dessus.

- C'est peut-être vrai, vous savez…

Le visage de madame Lebrun, nièce, se renfrogna.

- Je plaisante beaucoup, se hâta d'ajouter Mémère. Les hommes ne comptent pas leur temps quand ils sont au bistrot ou avec leurs propres amis. Ce qu'ils veulent, en fait, c'est pouvoir disposer de notre temps quand ils ont besoin de nous ou quand ça les arrange.

Madame Lebrun, nièce, retrouva son sourire.

- Vous connaissez bien les hommes, on dirait ! commença-t-elle.

Puis elle se tut, se rendant compte de l'énormité de ce qu'elle avançait.

- Pas vraiment. J'observe le monde des humains, oui, c'est vrai. Aujourd'hui, par exemple, la leçon a été trop longue, trop rude, trop dense. Je suis guérie d'une envie de sortir pour un bail. Ça m'apprendra à me croire jeune encore.

Elle fut arrêtée dans ses explications par les exclamations de Jérôme qui cherchait à attirer son attention.

- Grandma ! Look ! Peupaire*'s right over there !*•

Pendant que Louis et Marie s'asseyaient sur la banquette arrière, bien serrés l'un contre l'autre, les deux femmes et Jérôme rangèrent les achats dans le coffre de Margaret. Madame Lebrun, nièce, appréciait la présence d'Aneth, qu'elle trouvait sympathique bien qu'un peu nerveuse par moments.

La présence de l'enfant l'intriguait.

Trop polie pour poser des questions, elle se contentait d'observer et d'écouter les conversations autant qu'elle le pouvait sans paraître indiscrète. Elle savait suffisamment

• - Grand-Mère ! Regarde ! C'est Pépère !

d'anglais pour suivre les apartés d'Aneth et de son fils, mais elle jouait à celle qui ne comprend rien.

Le retour fut silencieux. Jérôme était blotti contre Pépère, humant la légère odeur de pipe qui se dégageait de la veste. Quand elle amorça le virage qui menait à la propriété de ses grands-parents, Aneth freina et s'arrêta. Elle regardait droit devant elle. Le chemin en léger surplomb dominait la cour. Une voiture y stationnait.

- Vous avez de la visite, annonça madame Lebrun, nièce.

Mémère se pencha.

- C'est la voiture de Paul, on dirait, fit-elle en ajustant ses lunettes.

Madame Lebrun, nièce, fit remarquer d'une voix aussi neutre qu'elle le put :

- Il y a un homme qui désherbe un parterre.

- *Mummy, look ! There's a woman standing by the window. She's staring inside. Who is she ?*•

- *So I see, my little one… She is your grand-mother.*

- *You mean she's your mum ?*

- *That's right, little man.*

Madame Lebrun, nièce, eut un tressaillement, ouvrit la bouche, la referma. Elle avait failli se trahir. Ainsi l'enfant ne connaissait pas ses grands-parents. Et Aneth n'avait pas franchement l'air de déborder d'enthousiasme. Cette virée – corvée – chez la vieille tante s'avérait passionnante. Madame Lebrun, nièce, ne s'était jamais intéressée aux voisins de la

---

• - Maman, regarde ! Il y a une femme à côté de la fenêtre. Elle regarde à l'intérieur de la maison. C'est qui ?
- Je vois, mon petit bonhomme… C'est ta grand-mère.
- Tu veux dire que c'est ta mère ?
- C'est tout à fait ça, mon garçon.

vieille dame. La besogne lui semblait suffisante : elle n'avait aucune raison de subir les radotages supplémentaires de deux autres vieillards. La présence d'Aneth et celle de son fils changeaient tout. Et elle découvrait que ni Pépère ni Mémère ne radotaient. Vraiment, c'était une surprise agréable, une bouffée d'air frais dans son quotidien terne de secrétaire de Rectorat.

Mémère rompit le silence.

- Bon, il faut prendre une décision. Ce n'était certes pas prévu aussi tôt. Madame Lebrun, vous allez nous rendre service à votre tour. Vous le voulez bien, n'est-ce pas.

Le ton de la vieille dame ne laissait place à aucun doute. La question n'en était pas une.

Madame Lebrun, nièce, comprit le message, cinq sur cinq. Ça l'arrangeait : elle allait peut-être apprendre des secrets. Elle se tourna à demi sur son siège, attentive.

- Trop heureuse de vous rendre service. C'est tout naturel, ajouta-t-elle.

« Tu parles ! pensa Mémère. Tu as bien la tête à fourrer ton nez dans les affaires des autres. Tu vas être servie, ma cocotte ! »

- Vous allez nous accompagner et rester avec nous jusqu'à ce que je vous fasse comprendre que vous pouvez nous laisser. Je vous parlerai d'un apéritif ou d'un goûter avec votre tante. Vous m'avez bien comprise ?

Madame Lebrun, nièce, hocha la tête, émue.

- Oui, oui, bégaya-t-elle, rosissant. Mais, enfin, en quoi puis-je être utile ? Je ne comprends pas bien.

Mémère soupira et articula :

- En étant là, tout simplement. J'en connais qui ne savent se tenir que lorsqu'il y a des inconnus.

- Vous voulez dire que ma seule présence…

Elle n'acheva pas.

Mémère la fixait d'un air tranquille. Elle n'en dirait pas davantage, c'était évident. Madame Lebrun, nièce, comprit qu'il n'était plus temps de tergiverser et tenter de soutirer des informations que, de toute manière, elle obtiendrait tôt ou tard.

- Bien, bien. J'accepte. Allons-y, avançons, dit-elle en effleurant le poignet d'Aneth qui était restée immobile, comme indifférente aux décisions de Mémère, les yeux rivés sur la silhouette féminine qui déambulait dans la cour, examinant tout avec attention.

Aneth embraya et roula doucement vers l'entrée. Du coin de l'œil elle observa Félicité, sa mère et la vit tourner la tête au bruit du moteur. Son père lâcha sa binette et s'avança vers eux.

Mémère se hâta de descendre du véhicule, bousculant presque Jérôme.

- Vous voilà déjà ? Je ne vous attendais que demain.

- Quel accueil ! siffla Félicité. Il faut nous le dire si on dérange !

- Jamais, ma chère bru, vous le savez bien. Paul, tu t'ennuyais déjà, que tu t'occupes de mes fleurs ?

Paul ne répondait pas. Il regardait par-dessus la tête de sa mère.

Aneth était descendue à son tour et, pour se donner une contenance et reculer l'échéance de la rencontre, aidait son grand-père à quitter le véhicule. Jérôme sautillait autour d'eux comme un oiseau en liberté.

Paul sentit une violente émotion l'envahir.

Il serra sa mère dans ses bras plus fort qu'il ne l'aurait voulu. Il lui souffla à l'oreille de manière à n'être entendu que d'elle seule : « Merci, maman ».

Félicité n'avait pas bougé. Elle se tenait près de la fenêtre, rigide. Rien sur son visage n'indiquait le moindre sentiment. Malgré l'indifférence apparente qu'affichait sa belle-fille, Mémère comprenait qu'elle avait marqué des points en taisant aux vacanciers le nom de ses visiteurs.

Paul lâcha sa mère et fit deux pas.

- Bonjour, ma fille, dit-il à voix très basse.

Aneth leva la tête. Son père tendit les bras. Aneth se laissa envelopper par la douceur paternelle.

- C'est ton petit garçon. Qu'il est beau.

Il ne questionnait pas. Il affirmait.

- Présente-moi mon petit-fils. Viens mon garçon.

Il tendit la main vers l'enfant qui s'en saisit, souriant.

- *Hello* !• fit Jérôme

Paul se retourna, héla sa femme.

- Félicie, viens embrasser ta fille et notre petit-fils !

Félicité eut un regard torve pour son mari. Elle avança à pas lents et contraints dans leur direction. La présence de l'inconnue la gênait terriblement.

Aneth soutint le regard de sa mère le plus longtemps qu'il lui fut possible de le faire. La tension était palpable. Jérôme avait cessé de sautiller. La tête penchée sous la main affectueuse de son grand-père, il observait la scène. La femme qui s'approchait n'avait pas un seul regard pour lui : elle fixait sa fille sans ciller. Ce que Jérôme lut dans ses yeux sombres lui fit peur. Il s'arracha à l'étreinte de son grand-

• - Bonjour !

père et, d'un mouvement vif, il se blottit contre Aneth. Acte dérisoire de protection envers sa mère dont il ressentait plus que jamais les parts d'ombres.

Deux mètres à peine séparaient désormais les deux femmes. Mère et fille se jaugeaient sans un mot, sans un sourire.

C'est bizarre.

Je ne l'ai pas vue depuis dix ans. J'ai le cœur qui bat, violemment.

Je me sens redevenir Annie, moi qu'on n'appelle plus qu'Aneth depuis si longtemps.

Quel pouvoir tu as sur moi, ma mère !

Pourquoi me détestes-tu si fort ? Qu'est-ce que je t'ai fait ?

Quand tu plantes ton regard noir sur moi, je me sens transpercée par ton mépris et ta haine. Quand j'étais petite, tu me criais sans arrêt dessus. J'attendais que Papa rentre du travail avec une impatience que tu n'as jamais soupçonnée. Il riait. Il jouait à cache-cache. « Où elle est, ma jolie petite fille, ma jolie petite Nanette ? ». Et je me jetais sur lui, lui enserrant les jambes si fort qu'il ne pouvait plus avancer.

Pourquoi tu ne m'aimes pas, ma mère ?

Aujourd'hui, il y a des témoins de ta conduite.

Tu ne pourras pas faire du mal à mon fils.

Mémère avait raison.

Ce qu'il y a de plus admirable chez les vieux, c'est qu'eux, ils savent qu'ils sont indispensables.

Ne pas te toucher, ma mère.

Ne me touche pas. Surtout pas.

Pourquoi le ferais-tu d'ailleurs ?

Petite, je ne recevais que des fessées bien appliquées en guise d'amour maternel.

Aide-moi Mémère !
Aide-moi.

Félicité se redressa de toute sa hauteur.

Non, mais, qu'est-ce qu'ils croient, là, tous ?
Que je vais lui sauter au cou, comme si rien ne s'était passé ? Que je vais lui pardonner tout le mal qu'elle m'a fait, à commencer par son existence ?
Trop facile !
L'embrasser ?
Certainement pas…
Un baiser de Judas, oui ! Et il me faudrait embrasser son négrillon, en plus !
Jamais !
Plutôt crever…
Lui tendre la main… Par politesse, devant les autres… Comme à une étrangère. Qu'elle est…
Qu'elle a toujours été.
Un accident.
Si seulement j'avais pu avorter, je n'en serais pas là aujourd'hui, à subir cette humiliation, et devant des étrangers, en plus…
Félicité, il faut que tu sois à la hauteur !
La vieille doit se souvenir que je n'aimais pas cette enfant. Bébé, elle m'était déjà insupportable !
Le pire chez les vieux, c'est qu'ils ont trop de mémoire.

Madame Lebrun, nièce, s'approcha d'un pas, effarée par la scène.

Félicité avança encore.

Aneth détourna les yeux.

Félicité tendait la main. Elle articula, sèchement :

- Bonjour.

Aneth, le cerveau embrumé par la tension nerveuse, serra la main tendue, machinalement, avec mollesse.

- Bonjour, balbutia-t-elle en retour.

Félicité se détourna aussitôt et jeta à sa belle-mère, du bout des lèvres :

- Vous avez des chats, vous, maintenant ? Qu'avez-vous besoin de vous encombrer de toutes ces bêtes ? C'est pire que des gosses.

Servie ! Elle était servie sur un plateau, madame Lebrun, nièce.

Félicité continuait son monologue, leur tournant le dos. Elle se hâtait vers la maison.

- On pourrait peut-être entrer, non ? On cuit sous le soleil. Les orages n'ont servi à rien. A part faire des dégâts ! Comme d'habitude.

Mémère lança un coup d'œil à madame Lebrun, nièce. L'indignation qu'elle déchiffrait sur son visage lui plut.

- On va rentrer les commissions, dit-elle à voix haute, bien décidée à mener le jeu jusqu'au bout.

Paul pressa l'épaule de sa fille.

- Je suis là, chuchota-t-il.

Aneth eut un pâle sourire.

- Je ne suis pas sourde, papa. Ni idiote. J'ai compris les sous-entendus.

- N'écoute pas, ma fille, répliqua Mémère. Et toi, mon fils, tu es venu pour faire emprisonner tes parents ? Tu as raison : plus vite vous serez débarrassés des vieux, mieux ce sera. Mais la maison, elle, ne se vend pas vite.

Il y avait comme une pointe d'insolence dans la voix.

Elle reprit :

- Il va falloir encore attendre avant d'investir, ou d'aller en croisière. Et ce n'est pas ce qu'elle va rapporter, hein, avec tout le bruit qui nous vient de la route, là ! Ah, et puis j'oubliais ta sœur ! Faudra partager ! Partager rien, ça, hum, ça va être difficile !

- Plus tard, maman, tu veux bien. Il y a du monde. Et ne laisse pas Félicité à la porte plus longtemps, s'il te plaît, ça va la mettre de mauvaise humeur.

- De… de mauvaise humeur, répéta Mémère, dubitative. Nooon ? Enragée, tu veux dire ? Oh… on a pris l'habitude, avec l'âge, tu sais. On ne s'y fait pas vraiment, remarque.

Le ton était narquois.

Pépère intervint.

- Paul a raison, Marie. Inutile d'envenimer la situation. Où sont donc passés tes bons principes ? Prenons-la comme elle est. Et qu'elle en fasse autant avec nous.

Madame Lebrun, nièce, laissa échapper un petit rire.

Ils la regardèrent, tous.

Elle cacha sa bouche de la main.

- Excusez-moi. Ça m'a échappé. J'adore votre proverbe. C'est de qui ?

Ils échangèrent un regard furtif.

A peu près au même instant, chacun pensa en une fraction de seconde qu'ils venaient de se retrouver et de former une famille, pour la première fois, soudée et aimante.

Certains d'entre eux eurent peur de cette idée aussi nouvelle que saugrenue.

Ils baissèrent la tête, attrapèrent qui sa valise, qui ses cabas, et, d'un même ensemble, se dirigèrent à pas lourds vers le seuil de la vieille maison où se dressait, impatiente, leur tournant le dos, la pièce rapportée du clan.

X

Félicité pénétra dans la cuisine, grogna qu'on étouffait là-dedans et regarda autour d'elle, surprise. Quelque chose avait changé dans cette pièce. Mais quoi ?

Le coin des chats et du chien attira son attention. Les petiots grouillaient autour de leur mère, lui montaient sur le dos, mordillaient le chien comme s'il s'était agi d'une deuxième mère. Gaspard ne protestait pas, offrait une humeur égale aux taquineries joyeuses des chatons. Il jeta un coup d'œil indifférent à Félicité, puis aperçut Mémère et se leva d'un coup de rein pénible. Il passa près de Félicité sans un regard en remuant son moignon de queue.

- Eh bien, mon garçon, le salua Mémère, tu as bien gardé la maison ? Tu ne t'es pas trop ennuyé de nous ?

Félicité haussa les épaules sans beaucoup de discrétion et reprit son examen des lieux. Soudain, tout lui sauta au visage : les rideaux crochetés par sa belle-mère étaient d'un blanc immaculé, la pièce rangée et rutilante de propreté. Félicité passa un doigt appuyé sur le plateau du buffet : pas un grain de poussière.

Elle se sentit observée, se retourna avec brusquerie.

Mémère la fixait avec moquerie. Elle souriait. Trop, au goût de sa belle-fille.

- Votre chambre est prête, dit Mémère. Vous pouvez vous y reposer si le voyage vous a fatigués.

- Merci, maman. Une petite sieste cet après-midi ne sera pas de refus, se hâta de répondre Paul qui avait vu, lui aussi, le geste de sa femme et le changement dans la cuisine.

Félicité baissa le front.

Elle attaqua :

- Vous avez embauché une femme de ménage ?

- Oui, appelons-la comme ça. C'est devenue une amie. Toujours prête à bavarder, tout en travaillant, bien sûr. Elle ne compte pas son temps, ni sa peine. Une véritable perle.

- C'est vrai, approuva Pépère. On est bien tombé. On a de la chance. On l'aime beaucoup et on le lui montre.

Paul regarda sa fille avec étonnement. La jeune femme s'était détournée aux derniers mots de Pépère : elle semblait secouée d'un rire silencieux. Elle se pencha sur la chatte, la caressa longuement en lui parlant à mi-voix. Elle tira le carton à elle avec son précieux contenu, posa le panier en osier tout neuf garni de vieilles serviettes près du couchage du chien et, aidée de Jérôme, déménagea la petite famille.

- Je peux, dis ? Je peux ? Ça ne te gêne pas, n'est-ce pas, si j'emménage dans ton panier ? Tu n'y vois pas d'inconvénients ?

- Qu'as-tu donc vécu à toujours te poser des questions ? Tu prends, un point, c'est tout ! Dans la vie, si tu attends qu'on te donne, tu n'auras rien ! Tu n'auras rien ! Tu veux que je te dise la vérité ? Mon pauvre vieux Gaspard, tu es beaucoup trop esclave de tes maîtres. Grandis donc un peu dans ta tête ! Je suis étonnée qu'un vieux chien comme toi ne sache pas toutes ces choses-là !

- Pardonne-moi, mais c'est la première fois que je vis avec des chats… Même au refuge, nous étions séparés…

- Tu vois, tu recommences à t'excuser ! C'est dommage, tu as un bon fonds, parole de chatte.

Gaspard suivait les opérations avec intérêt. Quand la chatte et ses trois enfants furent bien installés, il jugea que le moment était propice. Et, sans un regret pour son ancien lit, il emménagea aussitôt dans le nouvel appartement.

Jérôme et Aneth rirent de bon cœur.

Paul fit observer qu'avec eux, la crise du logement était vite résorbée.

Félicité haussa les épaules à nouveau, dédaigneuse.

- Je vais me changer, lança-t-elle à la cantonade. Je monte dans ma chambre. Paul, tu t'occupes de ma valise.

Et, sans attendre la réponse, elle disparut dans le couloir. On entendait les talons de ses chaussures claquer dans l'escalier de bois. L'atmosphère s'allégea sensiblement. Aneth se releva. Elle souriait et pleurait en même temps.

Mémère clopina vers son fauteuil, s'assit et dit à l'adresse de madame Lebrun, nièce :

- Ma chère, vous avez été épatante ! Vous avez accompli votre mission avec courage. Je vous réembaucherai à l'occasion.

- Ah ! C'est votre femme de ménage ? intervint Paul qui s'étonnait des propos de sa mère.

Madame Lebrun, nièce, se mit à rire. Elle jeta un coup d'œil à Mémère.

- Je pense que vous n'avez plus besoin de moi, madame Hesserie ?

- Non, allez-y. Nous vous inviterons à un goûter avec votre tante, avant son départ. On enverra Jérôme vous prévenir.

- A bientôt, tout le monde ! Au revoir, monsieur Hesserie, fit madame Lebrun, nièce, en s'attardant près de Paul.

Pépère eut le geste de l'accompagner.

- Ne vous dérangez pas, je prends mes sacs en passant, j'ai cent mètres à faire… Restez en famille, claironna-t-elle.

Qu'est-ce qui m'arrive ? Je me sens toute guillerette, tout heureuse… Vite, vite, il faut que je rentre, tante Madeleine va s'inquiéter. Nous avons été absents si longtemps. Mais cela en valait la peine. Ah ! Oui, alors ! J'en ai eu pour mon temps !

Mémère dressa l'oreille. Il y avait dans cette dernière phrase et le ton employé, une sorte d'insolence débordante de complicité.

Par la fenêtre qu'Aneth s'était empressée d'ouvrir, ils virent la silhouette menue s'éloigner presque en courant.

- Tu as fait une touche, on dirait, Paul ! remarqua Mémère.

- Je suis marié, Maman, et bien vieux.

- Tut, tut, tut ! Il n'y a pas d'âge pour plaire et tomber amoureux. Elle a aussi un mari, tu sais. Qui doit être bien moins patient que toi, semble-t-il.

- Maman !

- Je sais ce que je dis. Et j'entends ce que l'on me dit.

- Maman, on ne la changera pas, Félicité.

Mémère grommela un : « Toi non plus, on dirait ! » que Paul refusa de relever.

Aneth s'empressa auprès de Mémère. Elle lui ôta ses chaussures et lui glissa des chaussons aux pieds.

- Ils sont très enflés, fit-elle remarquer.

- Ce n'est rien, ma douce. Trop longtemps debout, trop de chaleur.

Paul s'était rapproché de son père qui rangeait ses achats sur le buffet. Il s'étonna de la teneur des paquets.

- Tu comptes faire un potager, Papa ?

Pépère hocha la tête.

- On peut dire ça comme ça, mon grand.

Les mots de l'enfance revenaient spontanément dans la bouche du vieil homme.

- Tu as trouvé quelqu'un pour te bêcher le jardin ? Ça doit te coûter une fortune ! Tu n'es pas raisonnable. C'est le genre de choses que je peux te faire quand je viens ici, si tu veux ! Je peux même venir tout seul pour te préparer le terrain. C'est trop dur à ton âge !

Pépère sourit.

- Oh, mais mon garçon, je compte bien sur toi. Je n'ai pas fait de potager depuis 7 ans. Si tu pouvais me retourner une petite parcelle, ça m'aiderait bien. On n'a que trop tardé, n'est-ce pas, Annette ? Tiens, Paul, occupe-toi des plants de tomates.

Il fourra des plants à demi desséchés entre les mains de son fils.

- Je ne les ai pas payés, dit-il d'une voix forte en regardant Mémère. J'ai négocié avec la caissière. Je voulais en payer la moitié. Elle m'a fait remarquer d'elle-même, qu'ils étaient bons pour la poubelle.

Les yeux de Mémère étincelèrent.

- Mais on va les sauver ! fit Aneth, amusée. Trempe la motte dans l'eau et mets-les à l'ombre, Papa !

- Merci de me dire comment faire ! C'est moi le jardinier en chef, ici, désormais… Je veux bien de vos demandes, mais pas de vos conseils… Toi encore, Papa, peut-être…

- C'est ça, fit Mémère qui s'étranglait de rire. Un peu de respect pour les vieux !

- Papa, tu peux me rapporter la bouteille de gaz qui se trouve dans le coffre de la voiture ? S'il te plaît ! Au fait, est-ce que l'électricité est revenue ?

Tout en parlant, Aneth s'était approchée de l'interrupteur et l'avait pressé. L'ampoule de la cuisine s'alluma, révélant de nombreuses chiures de mouches sur l'abat-jour en pâte de verre.

Paul avait déjà plongé les plants de tomates dans l'évier qu'il avait rempli d'eau.

- Ça ne gêne personne si je les laisse se désaltérer là-dedans ? Ils ont plus de chance de reprendre à l'intérieur de la maison qu'à l'extérieur où la chaleur va bientôt être de retour si j'en crois la météo… Et où on risque de les oublier en plus…

Jérôme s'était rapproché de son grand-père et suivait attentivement la progression des bulles d'air qui éclataient dans l'eau et la lente remontée des pieds de tomates emprisonnés dans leur gangue de terre desséchée. Le petit garçon de la ville qu'il était semblait fasciné par cette approche de la vie et de la nature. Leur venue en France, décidément, lui semblait n'offrir que des avantages, hormis cette langue qu'il ne comprenait pas.

Tous ses sens étaient désormais en alerte. Il reniflait l'atmosphère, les gens, les humeurs des uns et des autres. Sa mère, qui avait paru se requinquer depuis leur arrivée, souffrait de nouveau de véritables sautes d'humeur. Mémère était très fatiguée. Pépère se renfrognait. Sa grand-mère Félicité avait disparu. Le bruit de ses pas sur le plancher de la chambre qu'aucun tapis n'étouffait leur rappelait sa présence. L'enfant se sentait malgré tout hors de portée de son ressentiment. Seul, son grand-père Paul et cette madame Lebrun semblaient abordables.

Quand Grand-Père Paul quitta la cuisine afin de rapporter la bouteille de gaz et les valises, il s'élança à sa suite.

L'homme se retourna, sourit à la petite silhouette confiante qui trottinait à ses côtés. Il lui dit quelques mots, s'étonna *in petto* de n'avoir que des sourires en retour, se promit d'interroger sa fille.

Il ouvrit le coffre de sa voiture, remit un petit sac de voyage à l'enfant, saisit la lourde malle qui restait.

Au-dessus d'eux, une fenêtre s'ouvrit.

- Ne le laisse pas toucher à ce sac ! J'ai tout mon argent là-dedans ! gronda une voix qu'il ne connaissait que trop bien.

Paul leva la tête.

- C'est ton petit-fils, quand même ! Fais-lui confiance. Un tout petit peu.

Le battant de la fenêtre fut refermé avec violence.

- Porte ce sac à la cuisine, fit Paul avec douceur.

L'enfant sourit et ne bougea pas.

- Ah ! Tu veux m'attendre, c'est ça ?

Et il souleva la malle.

- En avant, marche, camarade !

L'enfant sourit plus fort et suivit Paul.

- Je m'occupe du gaz après, cria Paul en attaquant la montée de l'escalier.

Félicité l'attendait sur le palier, l'œil furibond.

- Qu'est-ce que je t'ai dit ! lança-t-elle avec hargne, en arrachant sèchement le sac de voyage des mains de Jérôme.

- Ton petit-fils ne peut pas être un voleur, voyons ! répliqua Paul exaspéré. Annie ne l'a pas mal élevé, enfin.

- Tu passes ton temps à défendre ces gens, rageait Félicité.

Elle fouillait avec fébrilité dans le sac, constatait avec un soulagement non feint que l'enfant n'avait touché à rien.

- Il n'empêche, quand tu lis les journaux, tu t'aperçois que ce sont ces gens-là qui te plantent un couteau dans le dos et te volent ton argent. Qu'ils retournent chez eux !

- Chez nous, c'est chez eux ! On a été bien contents de les trouver après la guerre pour reconstruire la France, remarqua Paul. C'est nous qui sommes allés les chercher. Par bateaux entiers, en plus.

- Qu'est-ce qu'on avait besoin d'aller chercher leur famille ? Hein ? Tu peux me le dire, peut-être !

- Ne mélange pas tout, Félicité ! Ton petit-fils n'est pas un étranger. C'est le fils de ta fille. Et puis, arrête, veux-tu ? Je ne veux plus t'entendre à ce sujet ! L'enfant pourrait comprendre ce que tu dis. Il n'est pas sourd, que je sache !

Paul jeta un coup d'œil sur Jérôme qui les observait l'un après l'autre selon le rebond de la discussion.

« Il n'a pourtant pas l'air idiot. », songea-t-il, effaré de cette apparente indifférence aux propos racistes de sa grand-mère.

- Viens mon enfant, descendons.

Il lui posa une main ferme et affectueuse sur l'épaule.

Jérôme paraissait fasciné par Félicité. Il suivait les mouvements de sa bouche, les dents larges et solidement plantées, l'ombre de la moustache qui ourlait la lèvre supérieure, les moues dubitatives et rageuses.

Paul fit pivoter l'enfant qui le suivit sans résistance, la tête, seule, restant obstinément tournée vers la silhouette de sa grand-mère.

Ils eurent à peine quitté la pièce que Félicité ferma la porte derrière eux avec une brutalité incroyable chez une femme aussi frêle.

Elle rouvrit la fenêtre, laissa entrer l'air déjà chaud. Son cœur battait avec violence. Elle répétait entre ses dents, grinçant presque :

- Plus jamais ça. C'est la dernière fois, la dernière fois que je mets les pieds ici.

Et, toujours grognant, elle entreprit de défaire sa valise. Elle ouvrit la porte de l'armoire emplie de draps, d'oreillers et de couvertures. Elle ne put s'empêcher d'examiner les recoins du meuble. Pas un grain de poussière. Pas la moindre trace de toile d'araignée. Elle renifla : l'odeur de renfermé n'était plus là. Celle de cire flottait, ténue, mais agréable. Le vieux tapis élimé avait disparu.

Félicité se pencha, souleva la courtepointe : pas de moutons sous le lit.

Elle commença à vider sa valise et à remplir les étagères. La tête lui tournait. Des pensées contradictoires l'assaillaient.

Avec Paul, ils étaient venus mettre les deux vieux devant leurs responsabilités. Ils avaient la ferme intention d'accélérer la vente de cette maison que Félicité, pour sa part, haïssait. Trop de souvenirs désagréables s'y rattachaient. Sa belle-sœur, Marie-Victoire, devait les rejoindre. Marie-Victoire n'avait jamais eu d'enfant. Depuis qu'elle était veuve, elle s'était éloignée de tous, remâchant son chagrin comme on se complaît dans son bain.

« Peut-être pensait-elle attirer ainsi la compassion, sans se rendre compte que les gens fuient comme la peste un chagrin déraisonnable » ricana Félicité. D'ailleurs qu'avait-elle à regretter cet être falot qu'était Jean ? Et, en y réfléchissant bien, Falotte avait épousé Falot. Sans y être obligée. Une véritable histoire d'amour. Pas comme la sienne !

A ce moment de ses réflexions, Félicité arrêta net son rangement, ses doigts froissant un chemisier. Des images lui traversaient la mémoire. Elle se revoyait, jeune femme, tombant amoureuse folle d'un beau soldat, prisonnier de guerre, qu'elle rencontrait tous les matins.

Chez ses parents, petits industriels enrichis lors du premier conflit, on ne badinait pas avec l'honneur des filles. Félicité avait pris grand soin de cacher sa passion à tous.

Dans le désordre qui avait suivi la fin de la guerre, un certain nombre d'événements s'étaient succédé, que Félicité s'était empressée d'enfouir sous une chape de ciment bétonné. Et si, parfois, des souvenirs aux odeurs de remugles remontaient, c'était à la lumière des yeux bleus et des boucles blondes d'Annie.

Félicité avait détesté cette enfant, terrifiée à l'idée que quelqu'un puisse lui faire remarquer ces particularités physiques qui n'apparaissaient dans aucune des deux branches familiales.

A la lueur de ce qu'elle avait appris de l'Histoire, elle s'était méprisée elle-même – trop entière dans ses jugements – avait étendu son mépris à son propre enfant ainsi qu'à l'homme qu'elle s'était empressée d'épouser en lui laissant croire que la petite était de lui.

Elle avait pris l'amour physique en horreur peu de temps après la naissance de l'enfant. La vie de Paul ne l'intéressait pas. Il aimait visiblement la petite fille et cela semblait suffisant aux yeux de Félicité pour qu'il prenne aussi en charge la mère de l'enfant. Qu'aurait-elle fait d'ailleurs ? Ruinés par l'inflation d'après guerre, ses parents étaient morts depuis longtemps. L'argent que sa belle-mère leur avait donné, lors de leur mariage, avait contribué à lui asseoir de nouveau une position sociale acceptable qu'elle aurait perdue en divorçant. Et on ne divorçait pas dans le milieu catholique auquel elle appartenait, de même qu'il était impensable d'être fille-mère.

Félicité avait le sentiment d'avoir gâché sa vie. Elle vivait aux côtés d'un homme qui n'était plus son mari depuis longtemps, et elle devait s'occuper de beaux-parents qu'elle détestait. Si elle trouvait Pépère très commun, elle craignait en revanche la franchise de Mémère qui se tenait au courant de ce qui se passait dans le monde, comme si la vieillesse ne parvenait pas à émousser son intérêt ni pour la vie ni pour les autres.

Son rangement achevé, Félicité repoussa la porte de l'armoire. La glace collée sur le panneau lui imposa son image. Elle s'examina sans complaisance.

Il n'y avait plus aucune trace de la beauté brune qu'elle avait été. Si la peau était restée souple et peu marquée, son regard sombre lui durcissait le visage ; la bouche aux coins abaissés offrait au regard des autres une lippe méprisante. L'ensemble formait un aspect désagréable que l'on s'efforçait d'éviter et dont on se détournait.

Félicité ferma les yeux. Elle refusait de voir plus longtemps ce qu'elle était devenue.

Elle se dirigea à pas lents vers le lit, s'assit, ôta ses chaussures, s'allongea sur la courtepointe – elle aussi fraîchement lavée – et essaya de se détendre. Il allait lui falloir des forces pour affronter Mémère et… sa propre fille.

Bon Dieu ! Dans quel pétrin s'était-elle encore fourrée ?

Il lui fut impossible de se délasser.

D'en bas montaient des rires et des éclats de voix joyeux.

C'était la première fois qu'elle entendait une telle gaieté dans cette maison.

Félicité réfléchit.

La présence de sa fille et de l'enfant, à coup sûr, en était la cause. Comment étaient-ils arrivés là ? Depuis quand Annie revoyait-elle ses grands-parents ? Avait-elle jamais cessé de les voir ?

Alors qu'elle avait refusé l'accès de sa maison à sa fille et au bâtard noir qu'elle tenait dans les bras, Félicité avait inconsciemment englobé la totalité de la famille dans ce rejet. Il lui paraissait inconcevable qu'Annie puisse chercher de l'aide auprès des autres.

Félicité remua les jambes, soupira.

Bâtard.

Elle aurait peut-être accepté l'enfant. Après tout Annie ne reproduisait que ce qu'elle était elle-même. Même si elle l'ignorait. Félicité eut un ricanement. C'était délicieux d'avoir encore des secrets à son âge. Elle ne craignait désormais plus rien.

Noir.

Non. Définitivement. Non.

Chez Félicité, on ne se mélangeait pas. Rien de bon ne pouvait advenir de cet appariement contre nature. Elle pensa à celui que Paul s'entêtait à lui désigner comme « ton petit-fils ». Il n'avait donc pas de nom ? Félicité se surprit à songer qu'elle ignorait tout de cet enfant. Son prénom, sa date de naissance, l'année de sa naissance… ? Ah ! Si ! C'était l'été 1971 qu'Annie avait osé présenter son moutard dans un couffin.

La présence de l'enfant avait déjà été une surprise. La couleur encore plus.

« Pas de ça chez nous ».

Félicité s'entendait encore prononcer ces mots.

Cela avait claqué à la manière d'une sentence dans le hall d'entrée. Elle n'avait pas donné le temps à Paul ou à Annie de réagir. Elle avait poussé sa fille et son colis vers la sortie, rabattu la porte sur eux. Et elle était montée dans sa chambre écumer sa colère. Par le rideau soulevé elle avait observé Annie et son père traversant le jardin. Paul avait longuement parlé à la jeune femme qui gardait la tête baissée, obstinément. Puis il l'avait embrassée, avec tendresse. Annie avait levé les yeux vers la maison. Félicité avait reculé, craignant d'être surprise en flagrant délit d'espionnage. Depuis cet instant-là, rideau. Annie n'existait plus, n'avait jamais existé. Sa chambre avait été vidée de ses meubles, peinte et tapissée de frais, remeublée de neuf. C'était la chambre d'amis. Peu à peu Félicité s'efforça de ne plus dire chambre d'amis dont le mot sonnait trop avec le prénom de celle qui n'était plus sa fille. Elle disait la chambre jaune. Puis elle s'aperçut que la pièce ne servait à personne. Puis à rien. Elle n'en ouvrit plus les volets et n'en parla plus.

Annie n'eut donc pas d'oraison funèbre.

Des odeurs de cuisine parvinrent jusqu'à l'étage.

Des bruits de couverts, d'assiettes remuées, de verres entrechoqués décidèrent Félicité à se lever et à rejoindre les autres.

Elle descendit l'escalier, les chaussures à la main, s'arrêta derrière la porte de la cuisine.

Elle écouta.

Pour rien.

Ils ne parlaient pas d'elle. Ils discutaient de jardinage, des différents mérites de variétés de haricots. Chacun d'eux donnait son avis dans un brouhaha joyeux. Seul, l'enfant ne disait rien.

Félicité eut tout à coup le sentiment d'une présence.

Elle se retourna.

Le garçon se tenait derrière elle et la fixait avec intensité, sans l'ombre d'un sourire sur le visage. Elle leva la main ; il n'attendit pas la fin de son geste, se faufila et poussa la porte de la cuisine, la laissant grande ouverte derrière lui.

Elle se trouva stupide sur le seuil, le bras levé, les chaussures encore à la main, comme si elle avait voulu les espionner.

Ils se turent, leurs yeux allant de son visage à sa main crispée sur les lanières de cuir.

Elle ouvrit la bouche, articula « J'ai mal aux pieds », se tut à son tour, et alla s'asseoir à sa place habituelle dans l'attente d'être servie.

Mémère fut la première à réagir.

- Tenez, coupez le pain. Vous serez utile à quelque chose, ma chère bru.

Un silence flotta quelques instants, puis Pépère et Paul se dépêchèrent de jeter quelques mots sans importance pour éviter à Félicité d'appliquer la loi du Talion.

Mémère venait d'ouvrir le ban des hostilités.

XI

L'oiseau ne l'avait pas quitté depuis ce matin. Il avait aperçu, posée sur le fil à linge, une petite boule de plumes rouges, et deux yeux noirs et brillants qui le fixaient avec intérêt.

Ils ne disaient rien, ni l'un ni l'autre.

Ils s'observaient, l'un du coin de l'œil, tout en bêchant, l'autre avec franchise et curiosité.

L'homme reprenait son souffle à chaque extrémité de la rangée. Il exhalait un profond soupir, l'oiseau penchait la tête sur le côté.

Un moment, l'homme s'arrêta. Il piqua la fourche-bêche en terre et marcha jusqu'au lilas. Il se pencha, attrapa une bouteille d'eau cachée au pied de l'arbuste et s'assit lourdement sur le banc fabriqué par son père. Il but à longues goulées.

L'oiseau profita de ce départ pour sautiller sur la terre fraîchement bêchée, à la recherche de vers qu'il s'empressa de gober.

L'homme consulta sa montre, regarda le soleil à l'assaut du matin. Il calcula qu'il lui restait une demi-heure de travail avant que la chaleur n'anéantisse ses forces.

Il était satisfait de la besogne accomplie, même si certaines de ses interrogations restaient en suspens. Il s'étonnait lui-même du silence qui avait suivi son adhésion à la création du potager, comme si la moindre approbation, le plus petit signe de contentement aurait pu le faire changer d'avis.

Pour l'usage de qui, le potager ?

Ses parents ?

Pas prêts, en ce cas, de tout quitter et aller en maison de retraite.

Annie ?

Avait-elle l'intention de s'installer dans la maison de ses grands-parents ? Définitivement ?

Et ce gosse qui ne parlait pas… Il fallait qu'il se décide à interroger sa fille. Trop de questions pour un esprit simple comme le sien.

Il se leva, reposa la bouteille au frais, reprit sa tâche, l'esprit inquiet.

Il bêcha trois rangées supplémentaires et s'arrêta, jugeant qu'il avait retourné suffisamment de terre pour ses semis et plantations du jour. Il passa le râteau avec soin, prépara un sillon et deux trous pour les plants de tomates de Pépère. Les salades en godets et les choux attendraient bien la soirée pour être transplantés.

Il arrosait les pieds quand une voix lança dans son dos :

- Savez-vous où est Jérôme, monsieur Paul ?

L'oiseau s'envola.

Paul eut un sursaut, son arrosoir dévia et l'eau éclaboussa les feuilles. Il étouffa un juron, reposa l'arrosoir, essuya les feuilles mouillées avant de condescendre à se tourner vers sa visiteuse si matinale.

Madame Lebrun, nièce, le regardait, confuse et silencieuse.

Paul nota tout de suite qu'elle portait un panier en osier dont les rabats étaient clos.

Elle suivit son regard et, patiente, répéta :

- Savez-vous où est Jérôme, monsieur Paul ?

Il hocha la tête, sourit.

- Vous avez vu l'heure ? A son âge, sa place est dans son lit, à dormir.

- C'est que je n'ai pas trop le temps.

Elle s'attardait, malgré tout.

- J'avais une mission à lui confier ; un sauvetage aussi ! Moi, je ne veux pas les tuer : je n'aime pas ça. Et je ne les mangerai certainement pas !

Le ton était ferme.

Paul leva un sourcil. Elle avait parlé très vite, sans vraiment articuler, lui donnant le sentiment de sauter du coq à l'âne… De quoi parlait-elle ? Encore une autre qui suivait le cours de ses pensées, sans se soucier d'être comprise… Ce discours lui sembla si obscur qu'il hasarda, désignant le panier d'un vague signe de la main :

- Des yaourts périmés ou des crêpes sur le point de moisir ?

De stupeur, elle en resta la bouche ouverte.

- Des… Vous vous moquez de moi, fit-elle avec véhémence, une moue de reproche aux lèvres. Non, non. Jérôme est un enfant. Il s'occupe bien des chats. Il saura prendre soin de ce que je lui apporte. Ma tante est d'accord pour les donner. On est pris de court, vous savez !

Comme il demeurait silencieux, elle fit un pas en avant, ouvrit les abattants de son panier.

Paul se pencha.

Deux poules se blottissaient l'une contre l'autre, terrifiées par leur capture quelque peu violente et le voyage cahotant qui avait suivi.

- Nom d'un chien ! lâcha Paul.

Il était évident que ses parents n'avaient pas la moindre intention de quitter cette maison.

Madame Lebrun, nièce, se méprit sur le sens de ce juron.

- Elles pondent ! se hâta-t-elle de préciser. Si vous pouviez venir chercher le blé : le sac est trop lourd…

Paul avala une goulée d'air. S'il parvenait à comprendre les raisons de ses parents, il était évident qu'avec Félicité, ça n'allait pas se passer comme ça, d'un claquement de doigt.

Une pensée lui traversa l'esprit. Il voulut s'y accrocher, la perdit. Ne lui resta que le vague sentiment qu'Annie n'était pas étrangère à cette rébellion des parents. Curieux, malgré tout. Annie avait passé toute sa vie à fuir dès que le moindre problème se présentait. Et là, tous les faits démontraient que la jeune femme s'installait à la Saulnière.

Paul leva les yeux sur Madame Lebrun, nièce. De quel bord se trouvait cette femme qui ne s'embarrassait ni de tante, ni de poules, n'hésitant pas, par contre, à se débarrasser sur les autres de ce qui la gênait.

Il la fixa d'un air de rancune, ne pouvant effacer de son esprit la fureur à venir de Félicité quand elle découvrirait les nouvelles pensionnaires.

Il se décida.

- Allons voir ma mère. C'est elle qui acceptera ou non de les prendre.

Il ajouta :

- Je ne pense pas que ce soit une bonne idée…

Elle ne répondit rien.

Ils cheminèrent côte à côte dans l'allée qui menait à la vieille maison en pierres, silencieux, lui, l'esprit préoccupé, elle, les yeux baissés. Elle semblait troublée, impressionnée par cet homme qui réfléchissait toujours avant de donner une réponse. Elle n'était pas habituée.

Qu'est-ce qui m'arrive ? J'ai le sentiment de m'éveiller, de vivre à nouveau…

Quand ils pénétrèrent dans le vestibule, ils entendirent les voix des deux vieux. Paul s'arrêta et, tout en se déchaussant, il écouta. Ils se disaient des choses inhabituelles pour des vieux. Marie riait, insistait. Pépère riait aussi, ce qui ne lui arrivait pas si souvent.

- Alors, disait Marie, tu continues à me dire « Mon cœur » ?

Paul jeta un coup d'œil gêné à Madame Lebrun, nièce, se rendit compte qu'elle le regardait de manière si enamourée que sa gêne augmenta.

Il la brusqua.

- Entrons, voulez-vous.

Elle s'étonna.

- Avec les poules ? Dans la cuisine ?

Il haussa les épaules, agacé malgré lui, poussa la porte.

Au bruit, les deux vieux tournèrent vers eux un visage souriant.

- Asseyez-vous et servez-vous un café, leur proposa Mémère.

Madame Lebrun, nièce, s'avança, posa son panier sur la table, l'ouvrit.

Mémère rit.

- Voilà qui va occuper le petit !

Pépère se leva, et d'un geste, fit signe à madame Lebrun, nièce, de le suivre.

Paul, resté debout, fixait sa mère sans un mot, le visage inquiet.

Mémère reporta son attention sur son fils.

Elle baissa les yeux un bref instant, désigna la chaise que Pépère venait de laisser.

- Assieds-toi tant que le siège est chaud, dit-elle.

La voix se voulait apaisante.

Paul obéit, mal à l'aise.

- Je crois que nous avons à parler tous les deux.

Il hocha la tête. Il pressentait ce qui allait suivre. L'envie de lutter disparut tout à coup, comme s'il prenait conscience d'avoir assez à faire avec ses propres problèmes.

- Mon fils, je ne me suis jamais mêlée de ta vie, et j'entends bien qu'il en soit de même à mon égard.

Paf !

Première claque.

Félicité ratait quelque chose.

- Si ton père ou moi-même étions gâteux…

Paul sursauta.

Deuxième gifle.

Elle s'en aperçut, se tut un très court moment, enchaîna :

- … incapables, si tu préfères – il hocha la tête, oui, il préférait – ce serait normal, qu'est-ce que je dis, naturel de nous placer en maison de retraite. Ce n'est pas encore le cas, n'est-ce pas ?

Non, en effet, ils ne l'étaient pas, incapables.

Elle sentait qu'il ne dirait rien. Elle reprit :

- Nous sommes encore tellement capables – elle insista sur le mot – que ta fille est venue nous demander de l'aide.

Troisième soufflet.

Une bouffée de jalousie le submergea, traversée par une déferlante de haine à l'égard de sa femme qui les avait séparés de leur fille. La Manche avait agi aussi sûrement que le mur de Berlin avait coupé la ville en deux.

La douleur le rendit mauvais.

- Annie ne se manifeste que pour demander de l'aide, tout particulièrement quand elle est dans la panade.

Il haussa les épaules, désabusé.

Il conclut :

- En ça, elle est bien semblable à sa mère.

Mémère cligna des paupières.

Cette agressivité soudaine, Paul ne l'y avait pas habituée. Bien qu'il lui ait parfois reproché d'avoir prodigué plus d'attentions à sa sœur qu'à lui, il avait rarement fait montre d'aigreur dans la vie. Son mariage avec Félicité les avait surpris, Pépère et elle. Une indiscrétion de Marie-Victoire – « Il paraîtrait qu'elle est enceinte », dit sur le ton de l'envie que peut donner un ventre stérile – avait mis les choses au clair. Après la naissance, ils avaient vu le couple se déliter, si tant est qu'il y ait eu couple.

Mémère eut soudain pitié de son fils, elle dont la devise pouvait se résumer en « Pas de temps pour la pitié, agissons ! ».

Elle posa sa main menue et ridée sur la grosse main de Paul. Surpris, il la regarda, mais ne retira pas sa main. Les gestes de tendresse de Marie n'étaient pas si nombreux. Il en fut ému.

- Mon garçon…

Elle employait les mots de Pépère.

Il accrocha son regard à ses yeux noirs, si semblables aux siens.

- Crois-tu, sincèrement, qu'Annette – oui, Annie souhaite qu'on l'appelle ainsi, désormais – pouvait toquer à votre porte et dire : « C'est moi, j'ai besoin de votre aide ». Sans même que vous sachiez de quoi il retourne ?

Il baissa la tête, vaincu.

D'une voix qui s'étranglait, il souffla :

- J'ai le sentiment d'être le seul à l'aimer.

- Oh, fit Mémère, rieuse, mais ça a été vrai pendant des années, je te l'accorde. Comment veux-tu aimer quelqu'un que tu ne connais pas ? Le fait qu'elle soit mon unique petite-fille n'y change rien, tu sais !

Il la fixa, sourit.

- Vous vous êtes bien rattrapés, Pépère et toi !

- Ta fille est aimable, mon fils. Dans le sens, qu'on peut aimer. Je crois que c'est ce que ta femme n'a toujours pas compris…

- Arrête, Maman ! Elle m'a donné un enfant, et c'est ce qui importe !

- Tu aurais pu en avoir avec d'autres femmes que celle-là. Et… un enfant, ça se fait à deux, je te le rappelle… Ça s'élève à deux… Quand ton père est revenu de la guerre, il a été heureux de trouver un petit qui l'attendait… et qui lui disait papa. Il y avait une grosse différence entre les photos et l'homme réel, certes, mais tu le reconnaissais ! Grand-Mère Louise t'avait raconté l'enfance de ton père ; moi, je t'avais appris à l'aimer, même si tu ne te souvenais pas de lui… Je n'ai jamais eu le sentiment – mais peut-être me suis-je trompée ! – que ta femme ait aimé Annette. Je l'ai si souvent vu rabrouer sa petite. Une si jolie petite fille… Te souviens-tu ? La seule enfant qui restera de notre histoire à Pépère et à moi…

Paul eut l'air mal à l'aise tout à coup. Il remua sur sa chaise.

Il ouvrit la bouche :

- Maman…

Mémère était dans ses souvenirs et ne perçut pas l'alerte.

- Et, aujourd'hui, Paul, elle a besoin de nous et de toi, aussi. Sais-tu que c'est pour elle que tu travailles dans le potager ? Elle va s'installer ici et vivre avec nous. Personne n'y trouvera à redire. C'est notre unique héritière après ta sœur et toi.

Elle avait l'air si heureux à bâtir ses châteaux en Espagne que Paul perdit tout courage à lui avouer ce qu'il savait depuis toujours sur sa descendance. Un coup de pied dans le tas de sable risquait fort de se muer en un violent coup de bélier dans un mur de pierres qui ferait s'écrouler les derniers rêves de Marie.

Un mensonge par omission à l'égard de deux vieux aimants n'avait pas la même valeur que celui que Félicité lui infligeait depuis trente-cinq ans.

Il songea, glacé :

« Elle m'a toujours pris pour un con ! »

Ce fut l'instant où Paul sut qu'il allait quitter sa femme. Quand et comment restaient à déterminer. Il serra avec force la main de sa mère, lui sourit.

- Excellente idée, maman. Dis-moi, peux-tu m'expliquer pourquoi Jérôme ne me répond jamais quand je lui parle…

Ce fut au tour de Mémère de sourire, de la malice au fond des yeux.

XII

Blanchette et Larousse gloussaient de contentement. Leur nouvel habitat semblait plaire aux deux poules… Dès le départ précipité de madame Lebrun, nièce, Pépère les avaient installées dans la partie inoccupée du bûcher.

Louis répétait :

- C'est du provisoire les cocottes, c'est du provisoire.

Elles n'avaient que faire de ses promesses. Elles étaient quand même mieux que dans le panier. Elles n'avaient pas conscience que le vieil homme leur imaginait un avenir et se fabriquait des projets.

Un appel mit ces demoiselles en alerte.

- Cot, cot ! firent-elles, redressant une tête inquiète.

- Peupaire ! répondit l'écho.

L'enfant s'immobilisa à la vue des poules et les contempla, un sourire ravi aux lèvres.

Ainsi, elle avait tenu sa promesse, cette femme qui parlait sa langue et semblait le dissimuler. *« I will give you my aunt's hens »*•, avait-elle chuchoté à l'oreille du garçon, quand ses pas l'avaient mené à la découverte du hameau, suivant le parcours sinueux de Gaspard. Il ne l'avait crue qu'à demi, méfiant, comme à son habitude.

Pépère farfouillait dans son bric-à-brac avec nervosité, dérangeant ce qu'il avait mis tant de soin à empiler quelques semaines auparavant. Tous les ans, au printemps, Pépère sortait ses outils de charron soigneusement enveloppés dans

---

• « Je te donnerai les poules de ma tante »

un vieux linge huileux. Il caressait d'un doigt plein d'amour respectueux le fil de la lame de la scie à refendre. Il grattait la rouille, frottait le métal d'un papier de verre fin, passait un chiffon graisseux, contemplait son ouvrage. Il vérifiait, une dernière fois, que les vers n'avaient pas attaqué le bois des manches d'outils. Il se remémorait ses heures de travail, au temps heureux où, à la pleine force de sa jeunesse, il cerclait les roues des carrioles qu'on lui apportait à réparer ou qu'il fabriquait pour des charrettes neuves. Tout en furetant, il regretta d'être dans l'impossibilité de partager un savoir-faire inutile avec son arrière-petit-fils.

« Toutes ces connaissances perdues… », geignait-il à mi-voix, mettant enfin la main sur ce qu'il cherchait.

Il tira à lui un long rouleau de grillage à moutons, le posa dans la brouette. Il ajouta quelques piquets de bois, de vieux bouts de fil de fer, de la ficelle, un maillet, fit signe à Jérôme de le suivre. Ça l'agaçait de plus en plus de ne pouvoir communiquer comme bon lui semblait avec l'enfant. Alors il imita Mémère.

- *Come, come.*

Jérôme se mit à rire et Pépère eut un vague ressentiment à l'égard d'Annette. Jérôme surprit l'ombre dans les yeux de son grand-père. Il se hâta de répéter :

- Je venir, je venir Peupaire.

Le vieil homme se sentit vieux, comme chaque fois que la charge à porter devenait trop lourde.

Il pensa :

« Je n'ai pas la force de Marie. La venue et surtout, l'installation d'Annette ne sont pas une bonne idée »

La pression d'une petite main sur son bras et une voix insistante qui chuchotait l'arrachèrent à ses pensées.

- *You want to build an enclosure for the hens,* Peupaire ! Moi aider, moi aider *for the hens !*[•]

Et comme Pépère empoignait la brouette sans répondre aux propositions de l'enfant, ce dernier se lança dans une mimique élaborée de figures géométriques, de coups imaginaires sur les piquets et de battements de bras ailés que confirmait un sourire heureux.

Jérôme secouait la tête : oui, il était d'accord, oui, il allait aider à préparer un lieu clos pour les poules, oui, il allait en prendre soin. Madame Lebrun, nièce, lui avait expliqué les tâches qu'il aurait à exécuter. Il allait être utile, enfin.

Pépère s'arrêta. Il voulait accoler le parc herbu au bûcher. Il posa son premier piquet sur la terre, le tint droit, voulut en vérifier l'aplomb, n'eut pas le temps de réagir. Déjà, Jérôme en frappait le sommet avec un enthousiasme propre à menacer les mains du vieil homme.

Ce fut la goutte d'eau qui fit déborder le vase.

Il gueula :

- Paul !... Paul !... Paul, bon sang !

Son fils accourut.

Les bruits de la brouette roulant sur le gravier l'avaient alerté. Le temps qu'il chausse ses sabots de jardin, il avait pressenti que l'ardeur de Jérôme pouvait être fatale aux mains du grand-père.

- Stop ! cria-t-il, du plus loin qu'il put.

Ça, c'était un mot que Jérôme comprenait. Il resta le bras en l'air, attendit.

Louis souffla avec bruit.

[•] Tu veux faire un enclos pour les poules, Peupaire !

Il garda les yeux baissés quand Paul ôta le maillet des mains de l'enfant silencieux et déçu.

- Tu vas nous aider, mon petit bonhomme, fit Paul.

Une inspiration brusque lui était venue, un moyen d'éloigner les dangers, tous les dangers.

- *Jérôme go* madame Lebrun *and* Jérôme *take the*• graines pour les poules !

Son expression triomphale, presque essoufflée, frisait le ridicule désespéré.

Jérôme leva un sourcil, à la manière d'Alibi-Gaspard, et traduisit :

- *I go to Mrs* Lebrun*'s home and I take* ***what ?***•

Ce fut au tour de Paul de ressentir de l'exaspération.

- Je ne sais pas comment ta mère se débrouille, mais elle arrive à communiquer avec lui, fit remarquer Louis d'une voix lasse. Laisse… Je vais débarrasser la brouette de tout ce fatras et l'accompagner… Ça vaudra mieux pour tout le monde : dans deux heures, on serait encore là…

- Et moi je finis l'enclos

- C'est ça, mon fils ! s'exclama Louis. N'oublie pas de le commencer…

Il riait de bon cœur, toute aigreur disparue. Il vida la brouette de son chargement, aidé de son apprenti qui souffrait de plus en plus du barrage de la langue, lui aussi.

- Allez, *come, come*, fit-il à l'enfant qui se garda bien de rire cette fois-là.

- Merci, papa, tu me rends bien service, avoua Paul. Je trouve que cette dame Lebrun nièce s'insinue un peu trop

---

• - Jérôme va chez madame Lebrun et Jérôme prendre les…

• - Je vais chez madame Lebrun et je prends quoi ?

dans notre famille ! Je ne voudrais pas être désagréable, mais…

- C'est rien, fils, le Bon Vieux te le rendra ! plaisanta Pépère sans se retourner, suivi d'un Jérôme fier de piloter la brouette.

Leur arrivée chez les deux femmes parut surprendre. L'une attendait visiblement un autre membre de la famille Hesserie, l'autre avait la tête à autre chose qu'aux visites. Ils furent donc accueillis fraîchement :

- Je n'ai rien à vous offrir, regretta Madame Lebrun, tante, d'un air faussement contrit. Tout se précipite, n'est-ce pas ? C'est demain matin que je m'en vais…

- Oui, nous irons vous faire nos adieux en début de soirée, se hâta d'ajouter Madame Lebrun, nièce. J'apporterai les bouteilles d'apéritif de ma tante. Vous n'y voyez pas d'inconvénients, je l'espère…

Mis devant le fait accompli, Pépère eut un mouvement de dénégation. Il était assez en accord avec Paul… Cette manie qu'ont les plus jeunes d'imposer leurs vues aux vieux, sans se tracasser de leur avis, commençait à lui chauffer les sangs… Il se mit à déplorer son inaptitude à la répartie, façon mémérienne.

Il osa cependant tenter une réplique :

- Pas de problème ! Plus on est de fous, plus on rit !

Les deux femmes le regardèrent, pas vraiment sûres d'avoir compris.

Pépère dissimula un sourire.

- Jérôme et moi venons chercher le sac de grains…

Et comme ni l'une ni l'autre ne bougeait, la moutarde lui monta au nez, il se montra exigeant :

- Et puis, c'est pas tout ! Vous avez bien de la paille aussi, et quelques pondoirs et – il hésitait – des gamelles, des abreuvoirs... Enfin, vous savez bien, tout ce qui est nécessaire au bien-être de vos poules, enfin les poules de Jérôme maintenant, et qui, justement, ne vous est plus d'aucune utilité... Sauf si vous souhaitez revendre ces objets pour en tirer quelques sous, mais, je ne pense pas que ce soit dans vos intentions... Ce serait ridicule, n'est-ce pas ?

Il se permit une dernière réflexion : il lui semblait n'avoir jamais prononcé autant de phrases à la fois.

- On ne peut pas demander à Jérôme de payer ça ! C'est un cadeau pour lui et un service qu'il vous rend... en même temps ! Et Paul a bien autre chose à faire que de s'occuper de tout ça !

Un éclair traversa le regard de madame Lebrun, nièce. Elle eut l'intelligence de faire croire que le discours inattendu de Pépère s'adressait en totalité à madame Lebrun, tante.

- Bien sûr, répondit-elle d'une voix suave. C'est pour ça que je souhaitais que monsieur Paul vienne lui-même chercher tout le nécessaire. Vous ne mettrez pas tout dans la brouette !

Elle semblait découvrir la personnalité profonde de Pépère.

Pépère grommela quelque chose d'assez inaudible sur le fait que Paul n'était pas très disponible, Félicité ayant réclamé quelque menu service à son mari... Un éclat de déception s'imprima sur le visage de madame Lebrun, nièce. Elle fit la moue, l'humeur boudeuse, mais pas anéantie.

- Fouillez dans la grange et le poulailler, dicta-t-elle, le ton plus sec qu'elle ne l'aurait voulu. Prenez tout ce dont vous aurez l'utilité...

Pépère ne se le fit pas répéter.

- A ce soir, vers 6 heures ! jeta-t-il, enjoué, avant de s'éloigner, assez content d'avoir repris la situation en main.

- *Thanks a lot for the hens* ! cria Jérôme à l'adresse des deux femmes.

- Qu'est-ce qu'il baragouine ?

- Il te remercie de lui avoir donné les poules, traduisit madame Lebrun, nièce, à sa tante.

- Qu'est-ce que j'en aurais fait de toute façon ?

Ce fut le seul commentaire de madame Lebrun, tante, qui retourna à ses cartons, un pli amer au coin de la bouche. Son départ lui paraissait tout à coup moins excitant. Tout ce qu'elle laissait derrière elle lui manquait déjà : il allait falloir, ce soir, qu'elle convainque Mémère de venir lui rendre visite toutes les semaines au moins… Comment pouvait-elle compter sur une famille qui ne s'occupait d'elle que pour la coller en maison de retraite… Au fil des ans, elle était devenue une charge à qui l'on ne rendait visite qu'aux moments importants et incontournables : Noël ou 1er de l'An, la Toussaint, quelques jours aux grandes vacances. Ils faisaient leur B.A. à tour de rôle – sans doute pour mieux espacer les visites de chacun – et s'en retournaient l'esprit tranquille, la laissant le cœur lourd à sa solitude rompue par le bavardage avec ses poules et parfois, avec sa voisine, madame Hesserie, quand les pas de son dernier chien les menaient vers sa maison.

Les deux femmes demeuraient silencieuses.

Madame Lebrun, nièce, apercevait son reflet dans le grand miroir de l'entrée : elle regretta ses efforts vestimentaires que Pépère n'avait bien évidemment pas remarqués. Elle s'approcha de la glace et, se tournant d'un côté et de l'autre, elle admira sa silhouette encore fine qu'une jupe noire à godets mettait en valeur. Elle releva ses cheveux d'une main experte, se trouva vieillie par le chignon, qu'elle pouvait voir comme un frère jumeau sur le crâne de sa tante. Il n'y avait pas de coiffeur dans ce village ; elle allait devoir improviser pour la réunion de ce soir, mais ça ne lui faisait pas peur…

Madame Lebrun, tante, trottina tout à coup vers la cuisine, ouvrit la porte du buffet, attrapa la vieille boîte à biscuits et, soufflant bruyamment, cria à l'adresse de sa nièce :

- Je sors, Jeanne ! J'ai un mot à dire à Louis !

Madame Lebrun, nièce, acquiesça, distraite, et reprit la tâche ingrate de marquage du linge.

Il fallait que ça me tombe dessus ! Amoureuse à mon âge… Si mon mari n'était pas comme il est, ça ne me serait pas arrivé, tout ça. Avec lui, je n'ai que le choix de me taire… Tsss Tsss Tsss… Je ne compte plus le nombre de fois où il m'a rabrouée. Est-ce qu'on a le droit de dire à sa femme de se taire parce qu'elle ne dit que des bêtises ? Non ! Ce n'est pas normal. Il a fallu que je rencontre Paul et que je voie sa femme l'envoyer promener pour le comprendre. Paul et moi, nous vivons la même chose. Mon mari me parle mal. Et il me prend pour une idiote, incapable de réfléchir, d'avoir des idées justes. Ce n'est pas aimer quelqu'un ça, de lui dire : « Ferme ta gueule surtout, parce qu'il n'en sort que des conneries. ». Et pas qu'une fois, encore ! Ne pleure pas, ma petite Jeannette, ne pleure pas, ça n'avancera à rien. Bon, c'est vrai que mon mari, il est gentil quand tout va bien entre nous, mais c'est de moins en moins souvent, et ça n'efface pas les mots de ma mémoire.

Allez bon, voilà que je fais comme les vieux, je me surprends à radoter…

Il va falloir que tu te décides à choisir ta vie, ma vieille. Ce n'est plus le temps de se lamenter. Rien n'est jamais fini, comme dirait madame Hesserie…

Regarde Paul. Il est fait pour toi !

Il est fait pour moi…

La vieille dame courut presque vers Pépère et tendit la boîte de gâteaux à Jérôme sans se soucier d'être comprise :

- Tiens, c'est pour toi ! Je n'en aurai plus l'usage où je vais…

Pépère entassait déjà dans la brouette le sac de blé, la botte de paille, la mangeoire, l'abreuvoir. Il se tourna vers sa voisine :

- Mon fils et ma petite-fille reviendront chercher le reste de paille et tout ce qui peut être utile. Paul est en train de fabriquer un enclos aux deux bestioles, c'est pourquoi il n'est pas venu.

Madame Lebrun, tante, l'observa un instant. Elle connaissait bien le vieil homme.

- Jeanne m'a parlé de votre fils… jusqu'à m'en saouler. Vous savez, Louis, elle n'est pas très heureuse en ménage. Elle n'avait, semble-t-il, jamais rencontré Paul. Il a l'air de lui plaire. Evidemment, il est marié, mais de nos jours, n'est-ce pas, qui s'en soucie ?

Pépère eut un petit rire. La conversation lui pesait, lui semblait malsaine.

- Elle est mariée aussi, si j'ai bien compris… Paul est largement majeur, mais il n'a pas l'air de vouloir s'embêter avec votre nièce, comprenez-vous. Il m'a demandé de lui rendre le service de venir ici, à sa place, contrairement à ce qui lui avait été demandé pour ne pas la rencontrer… Vous me comprenez, n'est-ce pas ?

- Moi, oui… soupira madame Lebrun, tante. Elle – elle donna un coup de menton en direction de la maison – c'est une autre histoire !

- Au revoir, Madeleine. A ce soir, puisque vous venez prendre l'apéritif ! Je préviens Marie en rentrant. Allez, Jérôme, on y va !

Madame Lebrun, tante, les regarda s'éloigner, Pépère poussant le chargement, Jérôme gambadant auprès de lui comme un jeune cabri. Elle ne rentra dans la maison, songeuse, que lorsque le tournant du chemin les lui fit perdre de vue.

Le soleil tapait fort.

Pépère lâcha les brancards de la brouette.

Il fourragea dans sa poche, en sortit un mouchoir à carreaux. Il s'essuya le front ; il était légèrement essoufflé.

Jérôme s'approcha :

- *Are you alright,* Peupaire ?•

Pépère le regarda. Il n'avait plus la force de comprendre ce que l'enfant lui disait.

Il se dirigea vers le talus et s'assit, lourdement, toutes forces disparues.

• - Est-ce que ça va, Pépère ?

- *Wait for me ! I'll be back in just a minute ! I'll hurry !*•

Mummy ! Mummy ! Hurry ! Peupaire*'s sick. Something's wrong and he can't move. He can't walk. He's all pale. You think he's going to die ? Is he going to die ? You can help him Mummy. You can help him, right ?*

He's not that old, Peupaire, *is he Mum ? It's so unfair.*

Say Mummy : my Peupaire, *is he going to die ? Only old people die, right ?*

Mummy ?•

Il lui sembla que des heures s'étaient écoulées quand Annette surgit à ses côtés, blanche d'inquiétude. Elle parlait, questionnait, s'inquiétait de ne pas obtenir de réponse. Les yeux sombres de Pépère paraissaient flous et ailleurs, comme si le vieil homme ne l'écoutait plus.

L'ombre du hêtre finit par le rafraîchir ; il sembla revenir à lui. Pépère eut un sourire très doux, articula avec peine :

- Ne t'en fais pas ma petite, c'est cette chaleur, ce bruit, cette… tension continuelle dans la maison…

• - Je suis de retour dans un instant ! Attends-moi ! Je ne serai pas longtemps !

• Maman ! Maman ! Vite ! Peupaire est malade ! Il est assis sur la route, il ne peut plus marcher, il est tout pâle ! Il va pas mourir, dis ? Il va pas mourir ? Tu sais t'en occuper, dis, Maman ?
Il est pas vieux, mon Peupaire, hein, Maman ? Ce serait pas juste !
Dis, Maman, mon Peupaire, il va pas mourir ? C'est quand on est vieux qu'on meurt, hein, Maman ?

- Tu m'as fait peur, tu sais, quand Jérôme a accouru pour m'expliquer ce qui t'arrivait.

Pépère hocha la tête :

- Je ne suis pas encore mort, mais je vieillis et j'en fais trop.

- On – Nous – t'en demandons tous trop, Pépère.

Aneth caressa la main de son grand-père, comme si ce geste inhabituel allait effacer toutes les marques de l'égoïsme dont le vieux monsieur était la victime. Elle pensa que Mémère n'était pas la seule à mériter le respect et l'aide dont ils avaient besoin tous les deux. Elle se rappela avoir dit à Mémère qu'elle n'était pas sûre d'être capable d'assumer leur charge jusqu'au bout. C'étaient eux les plus jeunes qui devenaient un fardeau d'autant plus lourd à porter qu'ils ne faisaient aucun effort pour aplanir les relations entre eux. Elle se le rappela si fort et si bien qu'elle en piqua un fard de remords et de honte.

Elle se tourna vers son grand-père, lui prit le visage entre ses mains et chuchota :

- Laisse-moi t'aider et prendre soin de toi, Pépère.

Pépère regarda Annette et acquiesça.

Un sourire plein de malice se glissa entre ses paupières mi-closes.

XIII

Dès 17 heures, il se mit à tourner en rond. Il voyait les préparatifs de l'apéritif avancer, même Félicité mettait la main à la pâte. C'était une chose qu'elle aimait faire, ses amuse-gueule étaient toujours très appréciés et lui permettaient de se mettre en valeur, de sortir de cet anonymat dont elle se croyait prisonnière. Après un nouveau soupir, peut-être plus fort que les précédents, qui eut le don immédiat d'agacer sa femme et de s'attirer une récrimination, Paul sortit dans la cour brûlante du soleil de l'été. Malgré les volets croisés sur le salon, il entendait les commentaires d'un journaliste sportif : Pépère et Jérôme étaient à demi allongés sur le canapé, suivant avec passion un reportage sur les épreuves d'athlétisme à travers les âges.

Paul sourit.

Ce matin, Pépère avait eu un malaise dû à la chaleur et à l'énervement, avait dit le docteur qu'on avait aussitôt appelé en consultation. « Du repos », avait-il préconisé, avant de s'éloigner en pensant que tout ce monde dans la maison ne favorisait pas le calme.

Paul s'éloigna.

Le jardin l'attirait. Il se dit qu'avec un peu de chance, il ne serait pas présent lors de l'arrivée des deux voisines et madame Lebrun, nièce, serait, une fois de plus, déçue : Pépère lui avait raconté son expédition et il avait semblé à Paul que cela faisait plaisir à son père de jouer les trouble-fêtes…

Mémère l'influencerait-elle, par hasard ?

Il examina avec attention son travail du matin, réfléchit à tout ce qui lui restait à faire, se demanda combien de temps il allait falloir à Félicité pour se rendre compte de ce qu'il entreprenait…

Il entendit des pas sur le gravier dans son dos ; il se retourna : Annie le rejoignait.

- Qu'est-ce que tu fabriques ?

- Je jardine.

- Tu jardines ?

- Oui ! Même sans outils, on peut jardiner.

Elle s'étonna.

Il reprit :

- On pense à tout ce qu'il faudrait faire : bêcher, sarcler, biner, arroser, pailler, semer, transplanter, préparer des semis pour l'an prochain… Tiens, tu m'y fais repenser : fabriquer un châssis pour le printemps, afin de faire lever mes propres variétés de choux ; ça coûterait moins cher, et puis semer des radis aussi pour en avoir le plus tôt possible…

- Où as-tu appris tout ça ? interrogea Aneth qui ne se rappelait pas avoir vu son père se passionner pour le jardinage lorsqu'elle était enfant.

Il la regarda, sourit :

- A la retraite, quand on s'ennuie et qu'on veut échapper à… au quotidien, on se trouve des tas d'occupations, crois-moi.

Il avait eu une hésitation qui n'avait pas échappé à Aneth. Elle pensa : « Toujours aussi discret en ce qui concerne ses rapports avec ma mère… ».

Il dit, mis en confiance :

- Pour qui je jardine ?

Elle lui jeta un coup d'œil, décida, à son tour de lui faire confiance.

- Pour moi. Je m'installe ici avec mon fils. Je m'occuperai de Pépère et Mémère... Je ne peux pas bêcher : c'est trop dur cette année. Cette terre, m'a dit Pépère, n'a pas été retournée depuis très longtemps…

- C'est vrai que c'est dur, confirma Paul. La pluie a un peu ameubli la terre, mais j'en ai bavé ce matin, surtout que je voulais rendre le terrain le plus propre possible. Tu n'en tireras pas grand-chose cette année, mais je reviendrai vous aider au prochain printemps… Si tu le veux bien !

Aneth regarda son père, longuement. Non, il ne savait rien du viol, rien de sa grossesse. Mémère n'avait dû lui dire que ce qui était nécessaire par rapport à eux, qu'elle s'installait à la Saulnière pour les aider dans leur grand âge et reculer le plus tard possible leur entrée en maison de retraite. Aneth jugea qu'il était inutile pour l'instant de tout dire. Quelque esprit sage lui soufflait de garder le silence tant que sa mère se trouverait dans les parages.

Une voiture descendait le chemin, massacrant son embrayage.

Paul et Aneth levèrent les yeux d'un même mouvement.

- Qui est-ce ? s'enquit Aneth, qui ne reconnaissait pas la voiture de madame Lebrun.

- Sais pas ! fut la réponse laconique de Paul.

Ils quittèrent le potager et s'avancèrent à la rencontre des visiteurs.

Une dame un peu forte descendit de l'automobile, suivie d'un homme.

Elle les salua en clamant :

- Quelle chaleur, mon Dieu ! Quelle chaleur ! Ah ! On a du mérite à venir vous voir !

Interloqués, Paul et Aneth se regardèrent.

L'Yvonne – car c'était elle – tiraillait l'arrière de sa robe dans l'espoir vain de décoller son slip de son corps en sueur. Elle ne se résignait pas à acheter des vêtements amples et pratiques. Elle ne se résolvait pas au fait que ses meilleurs étés avaient fui et ne reviendraient jamais, malgré l'entêtement régulier qu'elle mettait à acheter des robes deux tailles en dessous des méfaits du temps.

- Ah, Paul ! s'exclama-t-elle, tu n'as pas changé et c'est ta fille je suppose ?

Elle leur claqua un baiser rapide sur la joue.

- Vous vous souvenez de mon mari, Jo ?

Mon mari Jo salua mollement de la main, peu pressé, semblait-il, de suivre son ouragan de femme.

Paul se montra poli, voulut ouvrir la marche et précéder ses visiteurs, mais, déjà, l'Yvonne filait comme si elle avait le feu aux fesses, et Aneth, elle-même, renonça à la suivre.

- Elle n'a pas changé, hein ? fit remarquer mon mari Jo, d'un ton qui se voulait ironique et qui était plus que las et mordant à la fois.

- A vrai dire, fit Paul un peu sèchement, je ne me souviens plus trop d'elle. Je ne la vois pas tous les jours, non plus !

- Sacré veinard !

Mon mari Jo s'étouffait dans un gros rire. Il ajouta dès que sa toux grasse de fumeur lui en laissa le loisir :

- Changerais bien ma place contre la vôtre !

Ce fut au tour d'Aneth d'éclater d'un rire si métallique, que Paul secoua la tête :

- Tss ! Tss ! Ma fille ! C'est mon problème et pas le tien.

Il se tourna vers mon mari Jo et expliqua d'un ton gorgé d'amertume et de compassion :

- Attendez avant de décider que l'échange serait à votre avantage…

Mon mari Jo ouvrit de grands yeux surpris et tout rire disparut de son visage.

- Compris, mon pote !

Et il administra une claque qui se voulait amicale sur le dos de Paul et qui le fit trébucher.

« Je vieillis », pensa Paul avant d'allonger le pas pour échapper à ce membre du club des maris malheureux.

- Vous comprenez madame Pauly que ça ne me plaît pas à moi toutes ces magouilles. Je suis parce que j'ai toujours suivi ma femme. Mais là, il y a des limites que je ne l'aiderai certainement pas à franchir… On ne profite pas de la faiblesse des vieux, vous me comprenez. Je n'arrive pas à fourrer ça dans la tête d'Yvonne. Et puis il y a des héritiers directs malgré tout. Qu'est-ce qu'elle vient faire là-dedans ? Yvonne pense qu'elle a été spoliée pendant la guerre parce que sa cousine ne les a pas recueillis, elle et ses parents, lors des bombardements qui ont détruit la ville et que ce n'est que justice d'hériter aujourd'hui…Toute cette affaire, vous comprenez, c'est histoire de se payer une maison de campagne, comme elle dit. Pour crâner devant ses amies et à pas cher, en plus, mais ceci, les amies ne sont pas obligées d'être au courant… Acheter ou hériter, c'est tellement plus chic… Mais moi, cette attitude ne me convient pas.

- Vous renoncez à l'achat de la maison, donc ?

- Mais non, bien entendu, non !

- Je ne comprends pas. Qu'attendez-vous exactement de moi ?

- C'est simple, pourtant ! Il n'est pas question de faire baisser le prix de la maison sous le prétexte que quelqu'un de la famille veut l'acheter, tout de même ! Savez-vous qu'il est douloureux pour les vieux de passer pour inutiles aux yeux des autres ?

- Je ne suis pas d'accord avec vous, monsieur. Pardonnez-moi ma franchise, mais le plus douloureux pour eux, c'est de passer pour inutiles à leurs propres yeux.

L'Yvonne déboula dans la cuisine en gueulant – fidèle à ses habitudes – du couloir d'entrée :

- Ohé ! Louis ! Marie ! Z'êtes là ?

Du salon, Pépère ne put que l'entendre. Il frémit et se tassa un petit peu plus sur le canapé. Jérôme dressa une oreille distraite, ne comprit rien, se concentra sur les images du téléviseur.

Surprise, Félicité lâcha l'assiette qu'elle s'apprêtait à poser sur la table. Pleine, naturellement.

- Merde ! jura-t-elle, la moue coléreuse.

Mémère se retourna d'un bloc vers l'arrivante.

Gaspard, réveillé, aboya.

- V'là les sept plaies d'Egypte, grinça Mémère à mi-voix.

Interloquée, Félicité la fixa.

Ainsi, il existait quelqu'un que sa belle-mère détestait encore plus qu'elle, donc ?

Elle se baissa pour ramasser les débris de faïence, tria les tranches de saucisson, vérifia qu'il ne restait aucun éclat. Elle vida ses mains pleines dans la gamelle de Gaspard qui suivait ses mouvements d'une truffe intéressée. La chatte bâilla, bien décidée – in petto – à ne pas laisser sa part au chien.

- Bon appétit ! souhaita Félicité, ironique.

Le chien leva vers elle un regard humble. La chatte la toisa avec insolence : elle avait déjà compris qui était la patronne dans cette maison.

L'Yvonne embrassa bruyamment Mémère et s'avança, bras tendus, vers Félicité.

- Ah ! Ma chère cousine, que je suis heureuse de te revoir. Tu jettes la nourriture, maintenant ? Voilà un chien bien malheureux.

Elle s'étouffait de rire.

Félicité se laissait embrasser. Mordante, elle lança :

- Tu veux que je te réserve le saucisson qui a traîné par terre ? Ça ne serait que justice.

- Comment ça ?

L'Yvonne riait de plus belle. Il en fallait beaucoup pour lui faire perdre sa bonne humeur.

- Si tu ne hurlais pas en surgissant à l'improviste… Parce que je suppose que tu n'es pas invitée…

Félicité baissait la tête, chèvre en lutte, fixant la cousine par-dessus ses lunettes.

L'Yvonne se vexa. Cette réflexion était de trop, tout de même.

- Toujours aussi accueillante, à ce que je constate !

Elle se tourna vers Mémère.

- Puis-je rester ? Jo, mon mari, nous rejoint. On avait à vous parler.

Sa voix glissait de l'aigre au suave, déconcertante.

Mémère hocha la tête, pas mécontente, au fond. Tous – peut-être – sauraient se tenir s'il y avait « du monde ». Peut-être… D'ailleurs, « le monde » arrivait dans le vestibule et des brouhahas amicaux, détendus, parvenaient aux oreilles des trois femmes…

Félicité se précipita sur le réfrigérateur et se remit au travail avec ardeur, grommelant « Nous ne serons jamais prêts », mais ravie de montrer à tous qu'elle participait à la réussite de la réunion. C'était bon de se sentir utile, le temps paraissait plus court, et Mémère semblait avoir enterré la hache de guerre.

Paul entra le premier dans la cuisine, l'air soulagé. Madame Lebrun, nièce, serait moins entreprenante avec tous ces témoins, du moins fallait-il l'espérer...

Mon mari Jo le suivait, devisant de tout et de rien avec Aneth, le geste large, le sourire aux lèvres.

- Ah ! s'exclama-t-il en apercevant Mémère. Ma bonne tante, que je suis heureux de vous revoir : cela fait si longtemps ! Quand ma femme Yvonne m'a annoncé que nous allions vous rendre visite un de ces jours prochains, j'ai répliqué qu'il faut battre le fer tant qu'il est chaud. N'est-ce pas une bonne idée ? Voici toute la famille réunie... Comme au bon vieux temps, sans doute...

Mémère pinça des lèvres.

- Vous n'existiez pas pour cette famille, au bon vieux temps, comme vous dites ! Yvonne était trop jeune ! Et le bon vieux temps nous avait séparés de Paul à qui la guerre offrait de grandes vacances en Allemagne...

Félicité toussota :

- Allons, Mère, fit-elle, une certaine condescendance dans la voix, Jo voulait plaisanter et dire tout son bonheur de voir la famille... en même temps.

Félicité n'avait pas l'air ironique et Mémère ne sut quoi répondre. Elle se sentait déjà étouffer au milieu de tous ces gens.

- On va être trop nombreux pour rester dans la cuisine tous ensemble, dit-elle d'une voix atone.

- J'ai une idée, suggéra Aneth. Pépère n'a pas jeté les tréteaux et les planches qu'on utilisait quand j'étais petite, n'est-ce pas ? On pourrait tout installer devant la fenêtre de la cuisine, dans la cour. Le soleil ne donne plus directement sur cet emplacement à cette heure-là. Pépère n'aura pas trop chaud. Qu'en dis-tu, Mémère ?

Mémère sourit. Sa petite-fille n'oubliait pas qu'elle était encore maîtresse chez elle.

- Excellente idée, ma grande ! Les hommes vont t'aider à trouver le matériel dans la remise et à tout installer. Quand ce sera prêt, Félicité et moi-même, et peut-être Yvonne, si elle veut bien donner un coup de main, nous vous passerons les plats et tout le reste…

Mémère avait repris l'initiative, mouché l'Yvonne en finesse : elle se sentait réconfortée.

La cuisine se vida brusquement de ses occupants : un silence prudent s'établit à nouveau entre les deux femmes. Mémère se sentait fatiguée à l'idée de cette fin d'après-midi qui annonçait une forte houle. L'Yvonne n'avait pas renoncé à son idée de récupérer la maison à n'importe quel prix, et pour cela elle avait emmené du renfort. Comment lui dire non – un non sans appel – sans la vexer ? Mémère soupira et se baissa pour remplir d'eau fraîche le bol de la chatte.

- Tu es belle, ma douce…, lui murmura-t-elle. Tu es très belle. Tes petits vont bien ; ils ne vont pas tarder à galoper partout. Ah ! Cela va faire du cirque dans la maison, hein ?

- Je me demande bien pourquoi vous vous êtes encombrés de toutes ces sales bêtes ! fit remarquer Félicité à voix haute. Ce chien ne vous suffisait pas : il a fallu que vous donniez asile à cette mendiante ! Maudite engeance qui va vous fabriquer une flopée de petits dès que ses chaleurs seront de retour ! Ce qui ne saurait tarder ! Qu'allez-vous en faire quand vous serez entrés en maison de retraite ? Hein ? Ce n'est pas très raisonnable !

Elle s'agaçait de ne pas avoir de réponse de Mémère et, dans le même temps, ne souhaitait pas en avoir une. Elle soupçonnait peu à peu qu'ils – Paul et elle – s'étaient fait avoir par les deux vieux.

Elle grommela :

- Ce n'est plus mon problème !

Mémère devina les mots plus qu'elle ne les entendit et pensa à part soi : « C'est bien vrai, ça ! ». Elle mignotait la chatte sans relâche et fit celle qui n'entendait pas la sonnerie du téléphone.

La main de Félicité sur son épaule la fit sursauter.

- Mère ! C'est pour vous, c'est Marie-Victoire qui vous appelle pour vous dire qu'elle ne peut pas venir cet été vous rendre visite…

- Tant mieux ! répliqua vivement Mémère d'un ton joyeux. Toutes ces visites commencent à me fatiguer ! Et je suppose que c'est la raison qu'elle donne pour ne pas venir nous voir : trop fatiguée, elle aussi ! A rien faire ! Eh bien, moi, ça me soulage qu'elle reste chez elle !

- Chut !

Félicité lui fit les gros yeux.

- Quoi, chut ?

- Elle peut vous entendre !

Félicité avait reculé ; elle camouflait le téléphone de la paume, et semblait sincèrement gênée.

- Eh bien, qu'elle m'entende ! Pour une fois que quelqu'un lui dira ses quatre vérités !... Je... je... je ne souhaite pas lui parler : dites-lui que je suis trop fatiguée. Non ! Elle serait alors capable d'arriver ! Dites-lui que je suis débordée par l'apéritif, que je la rappellerai plus tard... si j'ai le temps... et si j'y pense. Ne pas déranger Louis : il se repose. Faites-lui la conversation ; vous savez faire ça, vous serez utile à quelque chose dans cette maison. Ah ! Je suis injuste avec vous, Félicité. Vous avez bien aidé cet après-midi !

Mémère quitta la pièce sans plus rien ajouter.

Eberluée, Félicité reprit l'appareil :

- Ecoutez, Marie-Victoire...

Elle n'eut pas le loisir d'en ajouter davantage. A l'autre bout du fil, son interlocutrice dit un peu sèchement :

- Inutile de vous fatiguer, vous aussi, Félicité ! J'ai tout entendu. Bien, puisque je dérange, et qu'enfin, on me le fait savoir, j'attendrai que l'on reprenne contact avec moi. Je vous souhaite une bonne réception puisque j'ai cru comprendre que vous aviez suffisamment d'invités et... donc, d'activités ! Bonsoir, Félicité !

Marie-Victoire raccrocha et Félicité se retrouva, un peu bête il faut bien l'avouer, avec le combiné dans la main, qui sonnait occupé.

Il y avait de l'orage dans l'air et Félicité sentait une colère noire l'envahir. Il allait falloir qu'elle passe ses nerfs sur quelqu'un. Mémère semblait exclue pour ce soir après tous les compliments qu'elle lui avait adressés, et, d'expérience, Félicité savait que Pépère était intouchable.

« Quelle famille ! songea-t-elle, avec colère. Il n'y en a pas un pour rattraper l'autre ! »

Dans une vague lueur de lucidité, elle pensa que lorsqu'elle était jeune, ce n'était pas mieux dans sa propre famille, mais celle des autres c'est toujours pire, n'est-ce pas ?

Mon Dieu, qu'est-ce qui lui a pris à maman de m'envoyer promener de cette façon ? Est-ce qu'elle perdrait la tête ? Ça m'a mis en colère, c'est vrai. Et c'est Félicité qui en a fait les frais. Il faudra que je songe à lui présenter des excuses… Mais je vais m'en tenir à ce que j'ai dit ! Je vais laisser maman me rappeler. Et je ne me montrerai pas perfide en lui glissant quelque chose dans le genre « Alors, tu as le temps de me parler, aujourd'hui ? » Non, je ne lui ferai pas ça. A son âge, elle ne le mérite pas. Après tout, avoir Félicité chez soi, c'est laisser entrer le diable dans la maison ! Si maman savait sur quelle énorme duperie cette femme a bâti la vie de toute une famille !…

C'est drôle quand j'y repense…

Toutes les femmes de ma famille – excepté moi – ont eu un enfant hors mariage, à une époque où la morale le réprouvait…

C'est maman qui a été la plus courageuse, je dois bien lui reconnaître ça ! Braver sa propre famille ne devait pas être si facile, surtout quand le promis s'en est allé faire la guerre ! Et puis, laver du linge au lavoir pour nourrir son enfant et sa belle-mère ! Quelle claque pour la famille bourgeoise dont elle est issue ! C'est surprenant, mais maman a renié son passé et a épousé le milieu ouvrier de papa, sans états d'âme.

Elle ne paraît pas nous avoir transmis sa grandeur d'esprit, on dirait !

J'ai su que Félicité avait menti quand l'enfant est née. Paul m'avait dit qu'il épousait cette fille, bien plus jeune que lui, parce qu'elle était enceinte… Au cours des mois qui ont suivi, ils ont trahi – bien involontairement, évidemment ! – leurs secrets respectifs… Une coucherie d'un soir qui fait naître un enfant sept mois plus tard, je veux bien… Mais je ne suis pas idiote, tout de même ! Ce n'est pas parce que je n'ai pas eu d'enfant que je ne sais pas observer et calculer ! L'enfant que j'ai vue à sa naissance était tout sauf un prématuré ! Quand j'ai interrogé Paul, le plus discrètement possible, il m'a juste glissé : « Tais-toi, Marie-Victoire ! Je suis comme toi ! C'est ma manière à moi d'avoir un enfant… ». Bien entendu, il faisait allusion à Jean que j'avais épousé quelques années plus tôt et dont j'élevais les trois petits. J'ai compris au fil du temps que les joies de la maternité me seraient refusées…

Quand je pense qu'Yvonne s'est mariée par obligation comme elle l'a laissé entendre à tous vents…

Moi, je ne couche pas avant la nuit de noces, et je demeure sèche, improductive…

Jean n'en a pas souffert. Je crois. Je pense qu'il cherchait avant tout une épouse pour tenir son ménage et une mère pour élever ses enfants… Je n'ai pas été malheureuse… Mais pas très heureuse non plus…

Et cette stupide Yvonne qui claironnait qu'elle n'allait pas être fille mère ! Elle a tellement nié l'évidence qu'elle n'a pas craint le ridicule en se mariant en blanc et en grandes pompes à l'église, union bénie par un prêtre ravi de récupérer une ouaille malgré son ventre rebondi de ses cinq ou six mois de grossesse.

« Je me moque de ce que les gens en pensent », répétait-elle à sa mère qui a bien été obligée de lâcher les coutures de la robe.

Sacrée Yvonne !

Elle craignait de rester fille mère, mais pas d'avouer son péché !

Ceci dit, je ne pense pas que Jo et elle se seraient mariés si l'enfant n'avait pas été en route ! Jo s'est montré un homme d'honneur… Enfin, à l'époque non plus, les hommes n'avaient pas trop le choix, à moins de passer pour un salaud ! Et les IVG – comme ils appellent ça, maintenant – étaient salement punies, sans compter le nombre de mortes ou d'infirmes, et je ne parle pas des orphelins que ça laissait…

Bref, ça a fait un mariage comme tant d'autres, bancal, où le couple est resté ensemble, par habitude ou pour ne pas perdre son rang dans la société, ou parce que la femme n'avait pas de travail pour subvenir à ses besoins. Encore aujourd'hui une femme divorcée n'est plus rien… Ça changera peut-être, un jour…

Annie, je n'ai pas trop su ce qui s'est réellement passé… Paul n'a pas été très disert là-dessus. Un enfant né hors mariage, en Angleterre, et que sa femme ne voulait plus voir… Je n'ai pas trop saisi les raisons profondes. Jean était déjà bien malade, je n'avais pas le temps ni l'envie de me pencher sur le sort des autres… Etait-ce l'enfant que Félicité bannissait ? Ou sa fille qui n'avait fait que suivre le chemin de sa mère et lui rappelait trop de mauvais souvenirs ? Elle est gonflée si c'est ça, la raison… Enfin, elle reviendra à de meilleures dispositions en vieillissant, je suppose.

Aucune de ces femmes ne vieillira seule.

Moi, si…

Heureusement, j'aide au comité des dames de la paroisse. Je n'en ai rien dit à maman. Elle ne comprendrait pas. Papa, si. Il est plus ouvert, forcément. Ou indifférent… Maman ne peut pas être indifférente, elle qui a rejeté la religion et toutes ces bondieuseries quand le curé, autrefois, a refusé de baptiser Paul au prétexte qu'il n'avait pas de père et qu'elle – maman ! – vivait dans le péché !

Ce ne sont pas mes enfants, mais ceux de Jean, quoi qu'on en dise… Et depuis que leur père est mort, il y a maintenant – mon Dieu, comme le temps passe ! – trois ans, ils viennent moins souvent me rendre visite…

C'est ça qui est le plus horrible pour les vieux : vieillir tout seul…

Crever de solitude et mourir dans la solitude…

L'Yvonne et Aneth étendaient un drap blanc sur la planche quand les deux femmes Lebrun pénétrèrent dans la cour, deux paniers pleins de bouteilles au bras.

Madame Lebrun, tante, posa le sien à terre dès qu'elle le put.

- Ma voiture n'est toujours pas réparée ! Le garagiste devait me la ramener, mais il n'avait pas encore téléphoné quand nous nous sommes mis en route ! expliqua madame Lebrun, nièce.

- Vous auriez dû nous appeler ! protesta Mémère. Paul serait allé vous chercher.

- Mais… nous pensions qu'il était occupé ! fit madame Lebrun, nièce, avec étonnement.

Madame Lebrun, tante, dissimula un petit sourire.

- Je vous ramènerai, si vous voulez, proposa Aneth qui, aidée de Mémère installait le fauteuil de relaxation à l'extrémité de la table.

Elle se tourna vers sa grand-mère :

- Tu vois, Pépère sera bien là… Il ne souffrira que du bavardage de toutes ces femmes, ajouta-t-elle avec malice.

- Dont vous ne faites pas partie, bien entendu, remarqua madame Lebrun, nièce, d'un ton plus qu'agacé.

Madame Lebrun, tante, toussota.

- Allons, allons, dit-elle, Annie ne faisait que plaisanter. Jeanne, ce que tu peux être susceptible, alors ! Il doit y avoir de l'orage dans l'air, je sens que tout le monde est un peu énervé…

- Ah, non ! Pas encore de l'orage ! Il y en a eu suffisamment comme ça ! Les fleurs vont crever noyées, si ça continue ! répliqua Mémère.

- Qui va se noyer ? questionna Félicité qui s'approchait de la table, soutenant son beau-père qui, lui, n'en demandait pas tant et grommelait :

- Ma canne suffisait bien, si seulement quelqu'un me l'avait apportée ! Je ne suis pas à l'article de la mort, tout de même ! Quand l'armée des pleureuses se met à vouloir faire traverser les petits vieux au carrefour, on est foutus, nous autres !

Paul s'approcha, portant un plateau de verres qu'il déposa sur la table.

- Au fait, et bien que ça n'ait aucun rapport, pourquoi avoir planté des géraniums sous le panneau de vente de la maison ?

Mémère sourit.

- Ah, mon fils ! Je n'aurais pas parié sur toi pour poser la question !

Mon mari Jo, eut un rire gras.

- Ah oui ? Sur qui donc ?

Il adorait mettre les pieds dans le plat.

Un coup de coude de sa femme le fit se taire.

- C'est vrai, reconnut l'Yvonne, on dirait comme un… une espèce de croix sur une tombe… que vous auriez fleurie…

- Tu n'étais pas prévue non plus, et pour cause ! répondit Mémère. Mais réfléchissez donc !… Vous voyez bien que ça attire l'œil ! La preuve, c'est que vous en parlez… Et du panneau, on est ensuite attiré par la maison !

- Justement… commença l'Yvonne.

Ce fut à son tour de recevoir un coup de coude dans les côtes, ponctué d'une claque égrillarde sur les fesses. Elle se tut, rappelée à l'ordre par son mari. Il ne fallait pas déjà gâcher ses chances.

Ils échangèrent tous un regard. Le geste de mon mari Jo n'était pas passé inaperçu et chacun d'entre eux, hormis Pépère et Mémère, se demandait le pourquoi d'une telle brusquerie.

- Vous avez beaucoup de visites ? Pour la vente, je veux dire…

L'Yvonne se tut, à nouveau, interrompue par la voix tonitruante de mon mari Jo, qui ne savait plus à quels expédients recourir pour faire taire la bavarde.

- Alors, qu'est-ce que je vous sers à tous ? Je vais faire le barman !

- C'est toujours ton métier, cafetier ? dit Mémère, la voix aiguë, ravie d'attraper au vol la perche tendue par mon mari Jo.

Les brouhahas reprirent, les esprits se détendirent. Les conversations se croisèrent selon les sujets et les inimitiés. Les répliques fusèrent dans des rires de plus en plus francs et chaleureux.

Pépère et Mémère se rassérénaient. Marie glissa sa main dans celle de Pépère, sous la table. Il lui répondit par une pression douce, la regarda.

Elle chuchota :

« Est-ce que ça va ? »

Il interpréta plus qu'il n'entendit, répondit par un clignement des paupières, fit remarquer l'absence de Jérôme, son regret de ne pas l'avoir à leurs côtés.

- Jo et Yvonne ne le connaissent pas, après tout… Il s'ennuie avec nous, mais c'est notre arrière-petit-fils… Nous devons montrer que nous en sommes fiers, n'est-ce pas, Marie ?

Elle hocha la tête.

Aneth se pencha :

- Je vous ai entendus ! J'irai le chercher tout à l'heure. Il est occupé à regarder les sports, c'est ça, Pépère ?

Pépère acquiesça.

- Oui, une rétrospective des championnats d'athlétisme. Il s'amuse à reconnaître les athlètes, les hymnes, les drapeaux… Tiens, il a dû monter le son, non ? Je crois reconnaître l'hymne américain, là ! On doit le gêner avec tout le bruit qu'on fait.

- Oui, mais ça veut dire que les gens sont bien chez nous, dit Mémère toute contente.

Elle était heureuse : chacun avait laissé de côté ses rancunes ou ses rancœurs, mettait un point d'honneur à parler avec tous.

Seule, Aneth veillait à ne pas à avoir à se trouver sur le chemin de sa mère.

Cette dernière paraissait détendue et Paul se demanda un bref instant s'il allait vraiment la quitter. Après tout, il avait si longtemps supporté son mensonge : elle n'avait pas été une mauvaise épouse, juste indifférente, comme la mère qu'elle avait été et qu'elle était encore.

Paul la suivit du regard, longuement, la trouva encore belle malgré les ans. Félicité bavardait avec mon mari Jo, qui se tenait à ses côtés, tel un chevalier servant. Il lui remplit son verre de nouveau d'un Porto qu'elle disait trouver bon. Elle but, rit légèrement, du rire de la femme qui a déjà la tête qui tourne, se fit la réflexion qu'elle avait oublié des amuse-gueule à base de charcuterie dans le réfrigérateur, se leva et cria « Je reviens tout de suite ! » à la cantonade. Elle partit, la démarche chancelante, vers la cuisine, en agitant les bras comme si ce mouvement lui était nécessaire pour assurer son équilibre.

Aneth et Paul échangèrent un regard.

L'Yvonne et mon mari Jo en firent autant. C'était le moment de profiter de l'absence de la belle-fille, réputée intéressée, pour poser vite – très vite – les bonnes questions et faire des propositions aux deux vieux. La présence de Paul ne les gênait pas : le fils avait, lui, la réputation d'être mou en affaires et peu regardant sur l'argent. Annie se devait d'attendre le décès de son père pour hériter. Quant à Marie-Victoire, mon mari Jo venait juste d'apprendre de la bouche même de Félicité, qu'elle était en froid avec ses parents, depuis très peu de temps. Et surtout, Mémère, qui portait la culotte – ainsi disait l'Yvonne – était de toute façon, la seule propriétaire de la maison. C'est du moins ce qui se racontait autrefois quand l'Yvonne était enfant.

- Dites, ma bonne tante Marie, oncle Louis, à propos de ce que je vous ai proposé l'autre jour, avez-vous réfléchi ? Mon mari Jo et moi sommes d'accord : il n'est pas question que cette maison sorte de la famille. Bien sûr, vous avez besoin de vendre ces biens pour payer la maison de retraite, c'est entendu, mais peu importe l'acquéreur, n'est-ce pas ? Et on pourra toujours s'arranger pour le prix ! Madame Pauly m'a dit, quand je suis retournée la voir pour lui demander conseil, que vous demandiez un peu trop cher, et comme c'est pour rester dans la famille, vous pourriez encore baisser le prix qu'elle demande ! C'est pas pareil pour la famille. Vous pourriez venir passer des vacances dans cette maison ; ça vous changerait de la maison de retraite, ça vous ferait prendre l'air !

Mémère se redressa à demi sur sa chaise. Elle fit semblant de vouloir se lever.

- Aide-moi, j'étouffe, dit-elle à Pépère qui ne bougea pas. Elle ne manque pas d'air, celle-ci !

Mon mari Jo vola à la rescousse de sa femme.

- Allons, allons, nous pouvons discuter, cela n'engage à rien. Tenez, je suis sûr que Paul, votre maison, ça ne l'intéresse pas ! Quand dites-vous, Paul ?

Comme Paul ne répondait pas, on entendit une voix posée annoncer avec fermeté :

- Si vous cherchez une maison à acheter, la mienne est en vente !

Toutes les têtes se tournèrent vers madame Lebrun, tante.

- Vraiment, Madeleine, je l'ignorais ! fit Mémère, feignant de se passionner sur le sujet pour mieux détourner la conversation.

L'Yvonne s'agaça :

- Oui, mais c'est celle-ci qu'on veut ! Elle est plus près de la route, certes, mais mon mari plantera des thuyas ; ça fera écran.

- Et bien moche ! dit Pépère.

- L'idée est bonne ! s'exclama Aneth. Mais pourquoi pas un mélange de variétés d'arbres, comme un petit bosquet ! Ça couperait le bruit aussi bien et cela ferait plus joli ! Il y a assez de place. Qu'en penses-tu, Mémère ?

Mémère décida que c'était le moment.

- Je pense que tu as eu raison, Yvonne, de venir jusqu'ici nous rendre visite et nous donner cette idée de petit bois qui coupe le bruit et cache le progrès ! Mais je suis au regret de t'annoncer qu'on ne pourra faire affaire, toi et moi ! La maison est vendue, ma belle ! Pas plus tard qu'avant-hier ! C'est bête, hein ? A deux jours près !

La voix de madame Lebrun, tante, s'éleva de nouveau :

- Si vous cherchez une maison à acheter, la mienne est en vente !

L'Yvonne eut un mouvement de colère.

- Comment as-tu pu me faire ça ! Alors que tu avais promis !

- Promis quoi ? fit Paul.

- Rassure-toi, Yvonne, rassure-toi !

Le ton de Mémère se voulait apaisant.

- La maison reste dans les mains de la famille : je ne pouvais donc pas tenir cette promesse. J'ai privilégié un membre plus proche que toi dans notre famille. Je savais que tu comprendrais et que tu me pardonnerais de ne pas t'avoir avertie…

- C'est qui ? coupa mon mari Jo.

- Ah ! fit Mémère, tsss, tsss.

Elle se leva.

- Je ne peux pas te le dire tant que ce n'est pas signé, de manière définitive, je veux dire. Mais tu nous rendras bien une petite visite dans quelques semaines, hum ?

- Si vous cherchez une maison à acheter, la mienne est en vente !

Pour la troisième fois, la voix de madame Lebrun, tante, s'imposa.

Madame Lebrun, nièce, commençait à penser qu'elle avait bien fait de venir : elle n'arrivait plus à cacher sa joie. Tous ces événements coloraient enfin sa vie.

Mémère ne pouvait pas rester en place aussi longtemps.

- Je vais chercher Jérôme ! dit-elle, sans plus d'explication.

L'Yvonne se renversa sur le dossier de sa chaise, la mine défaite.

- C'est qui ça encore ?

- Ça, c'est mon fils ! lui répliqua sèchement Aneth.

- Et tu l'entends chanter avec sa grand-mère : elle est bien gaie, ce soir ! Vous l'avez fait trop boire, Jo ! remarqua Paul d'un ton plein de reproche. Chanter la *Marseillaise*, ce n'est pourtant pas habituel chez elle ! Je me demande ce qui lui prend !

Mémère avait pénétré dans le couloir sombre.

Du salon lui parvenait la voix de Félicité qui chantait la *Marseillaise* à tue-tête. Elle suivait plus ou moins le rythme de la musique que diffusait la télévision. A un moment elle dérailla complètement. Sa voix braillait, une sorte de jubilation féroce la tenait.

Mémère frissonna.

Elle poussa la porte du salon et se figea en voyant Jérôme replié sur le canapé, terrorisé par l'aspect démentiel de Félicité qui, penchée sur l'enfant, lui hurlait deux vers du refrain, en boucle :

« Qu'un sang impur
Abreuve nos sillons »

- Tais-toi ! Mais tais-toi, donc ! cria Mémère.

Félicité se retourna vers l'arrivante. Elle avait un peu d'écume au coin des lèvres. Elle éructa, le doigt pointé sur

Jérôme, comme si Mémère n'avait pas compris ce qu'elle voulait dire :

- C'est pour le Balthazar !

Et de nouveau, elle brailla :

« Qu'un sang impur
Abreuve nos sillons »

« Pauvre folle ! » pensa Mémère.

Félicité ne se taisait pas, elle reprenait le refrain sans trêve, sans prendre le temps de respirer. Son visage était rouge, ses yeux haineux ne quittaient plus l'enfant dont elle se rapprochait dangereusement.

Mémère cessa de penser. Elle tendit le bras, attrapa l'assiette de charcuterie que Félicité avait posée sur le buffet en entrant dans le salon et la jeta à la tête de sa belle-fille.

XIV

Mémère avait réussi à convaincre madame Lebrun, tante, de descendre dans le grand parc de la maison de retraite où elle passait désormais ses journées et ses nuits, qu'elle jugeait interminables.

- J'ai l'impression d'attendre la mort, confia-t-elle à Mémère. Les gens qui s'occupent de nous sont gentils, certes, mais pressés. C'est qu'on est nombreux. Et les visiteurs ne viennent souvent que le dimanche : ils restent quelques heures, au mieux. Parfois, je me dis que j'ai fait une bêtise en acceptant de venir ici… Mais d'un autre côté, la famille est tranquille. Et puis… je n'ai pas eu d'enfants, donc je ne peux pas infliger ça à mes neveux et mes nièces ; je ne suis que leur tante. Leurs parents sont morts, ils ne sont pas obligés de s'occuper de moi ! Je suis la dernière de ma génération… Ça n'apporte pas que des avantages : vous voyez tous les autres partir et vous vous dites que c'est bientôt votre tour…

La vieille dame essuya une larme.

Mémère lui tapota le dos de la main, en répétant :

- Allons, allons, Madeleine, nous viendrons vous voir le plus souvent possible ! Annette nous a conduits jusqu'à vous, et en semaine ! Elle va nous rejoindre tout à l'heure : elle est restée en ville avec l'enfant. Elle avait des achats à faire. Mais je croyais que c'était un établissement tenu par des bonnes sœurs, ici !

- C'était vrai, autrefois. Mais il n'y en a plus beaucoup…

Discrètement, Pépère s'éloigna. Il ne voulait pas troubler les confidences entre les deux femmes. Il voulait aussi réfléchir à tous les événements qui avaient eu lieu depuis trois semaines, après le coup de folie de leur belle-fille. Il se demandait encore comment on en était arrivé là…

Jérôme paraissait s'être remis de l'incident. Il n'avait pas compris – heureusement – ce que sa grand-mère voulait lui signifier en chantant le refrain de *La Marseillaise*, mais il avait été violemment marqué par la haine qui se dégageait de la voix et de l'attitude de Félicité. Depuis le moment où Mémère avait jeté l'assiette qui s'était brisée au sol, après avoir atteint la tête de Félicité, sans autre effet que de la dégriser, il restait collé à ses arrière-grands-parents ou à sa mère. Les inconnus le terrorisaient. Seuls les chatons qui avaient bien grandi arrivaient à lui arracher des sourires. Les poules qu'on lui avait confiées l'accaparaient beaucoup et l'aidaient à oublier ce qui avait provoqué ses hurlements nocturnes, les nuits suivantes, bien après le départ de Félicité que Paul avait ramenée chez eux dès le lendemain, en précisant qu'il reviendrait, seul, après avoir réglé tous les problèmes. Il avait poussé sa femme dans la voiture en lui glissant : « C'est le moment de faire tes adieux à mes parents, parce que tu ne les reverras pas. Quant à ta fille, je pense que c'est inutile de lui présenter des excuses, elle ne te pardonnera jamais, tu comprends ça ? Et le petit, lui, désolé d'avoir à te l'apprendre, mais ta connerie raciste a manqué son but : il ne comprend pas le français… ».

Félicité avait eu l'air ébahi, mais n'avait soufflé mot : elle semblait prendre conscience qu'une vie nouvelle se profilait. Elle n'était pas très sûre que Paul allait rester avec elle, mais elle ne voyait pas comment elle allait pouvoir vivre alors qu'elle avait peu travaillé toute sa vie, dépendant d'abord de ses parents, puis de son mari. Elle avait voulu parler. D'un geste sec, Paul l'avait fait taire : « Plus tard, avait-il dit. A la maison, nous prendrons le temps nécessaire pour tout mettre à plat et envisager notre avenir, qui ne sera plus commun, je tiens à te prévenir, pour que tu aies le temps d'y réfléchir pendant le trajet et me dises ce que tu envisages pour toi. Je ne veux ni cris, ni larmes, ni chantage : notre vie ensemble, c'est terminé ! Et je ne te le répèterai pas. Si tu ne veux pas prendre de décision, c'est moi qui le ferai pour toi et tu en subiras toutes les conséquences. Est-ce bien clair ? Me suis-je fait bien comprendre ? »

Félicité n'avait pipé mot, se renfrognant dans son coin, comme si c'était elle la victime. Dans son esprit tournait sans relâche la phrase glaciale que sa belle-mère lui avait posément lâchée lorsque le fracas de l'assiette se brisant s'était éteint :

- Faut pas réveiller le bourgeois qui sommeille en chacun d'entre nous, hein !

Elle voyait, comme dans un film au ralenti, surgir son mari et sa fille. Annie criait :

- Qu'est-ce qui se passe ? Mais qu'est-ce qui se passe ? Mémère, réponds-moi ! Tu es blessée ?

Ainsi, Annie, sa propre fille, la chair de sa chair, s'inquiétait plus pour quelqu'un qui ne lui était rien que pour elle-même ? Félicité se rappela, d'une manière vague, que sa fille ne connaissait rien du passé de sa propre mère, qu'elle avait tu si soigneusement, pour survivre, croyait-elle.

Paul avait mieux jugé la scène qu'il avait devant lui. La tranche de pâté gisant encore sur l'épaule de sa femme ne devait rien au hasard.

Il s'était tourné vers sa mère et avait murmuré, intrigué et inquiet :

- Qu'est-ce que le sommeil des bourgeois vient faire là-dedans ?

La salle s'était emplie des ombres des invités et de Pépère, soutenu par l'Yvonne.

La voix de mon mari Jo, stupéfaite, mais qui ne contenait aucune agressivité, ni aucune trace de xénophobie, s'était exclamée :

- Mais c'est un enfant Noir !

Mémère avait pivoté et avec rage, sans désigner la coupable du doigt, avait expliqué, la voix vibrante :

- Oui, Paul ! Et tous les autres ! Parce que si personne ne dit rien pour dénoncer les horreurs dont on est témoin, ne réveille les consciences, les racistes de tout poil triomphent ! Et ça, mon garçon, ça, ça n'est pas tolérable ! Je pense que vous avez fini de régner sur les esprits de cette maison, Félicité !

Et à mi-voix, elle avait grommelé :

- Mais, bon sang ! Pourquoi faut-il que le peuple ou quelqu'un soit asservi dès que quelqu'un d'autre croit détenir une parcelle de pouvoir ?

Révoltée, Félicité avait rugi :

- J'ai le pouvoir, moi ? J'ai le pouvoir ! Mais vous déraillez, ma parole !

- Oui ! avait crié Mémère, exaspérée d'être accusée de dérailler. Oui, vous avez le pouvoir ! Celui de l'adulte encore jeune qui croit pouvoir dicter sa conduite à l'autre, plus âgé !

- Qu'est-ce qu'elle raconte, ta mère ? Elle est folle ! avait ragé Félicité, prenant son mari à témoin.

Arrachant son fils au canapé d'où il semblait incapable de s'extraire tout seul, effrayé par la proximité de Félicité, Aneth était intervenue :

- Maman, Mémère te dit ceci : tu es arrogante et l'arrogant a pour particularité de ne jamais voir qu'une seule face des êtres ou des choses, celle qu'il voit dans son miroir !

Mémère avait aspiré bruyamment une goulée d'air.

- Paul, tu la mets hors de ma vue, s'il te plaît ! Je ne pense pas qu'il soit nécessaire de supporter sa vision plus longtemps ! Deux verres de Porto et elle perd ses bonnes manières…

Mon mari Jo s'était senti attaqué.

- Je suis désolé… avait-il commencé, d'un ton contrit et sincère. Je ne pouvais pas penser…

- Personne ne vous reproche rien, avait coupé Aneth avec calme. Personne n'est responsable de la conduite de l'autre !

- Paul ! avait hurlé Mémère.

Puis elle avait quitté le salon et Pépère lui avait emboîté le pas sans dire un seul mot.

Pépère s'arracha à ses pensées. Tout lui paraissait encore si proche, si vivant qu'il en frissonna. Il se rapprocha des deux femmes qui papotaient toujours, assises sur un banc.

- J'ai froid, dit-il. Si nous rentrions ?

- Froid ? s'étonna madame Lebrun, tante. C'est peut-être la fatigue, non ?

Devant les dénégations de Pépère, elle se leva.

- Allons-y, dit-elle.

Mémère se leva à son tour.

- Vous avez des nouvelles de votre fils ? s'enquit madame Lebrun, tante.

Mémère sourit, avec amertume.

- Non, pas vraiment ! Juste un coup de téléphone quand ils sont arrivés chez eux. Il a dit qu'il réglait tout et qu'il reviendrait nous voir.

- Seul ?

- Oui ! Ça vaut mieux. Il est hors de question que cette femme remette les pieds chez moi ! Ainsi que je l'ai dit à Annette, ma belle-fille a la particularité de faire sortir ce qu'il y a de plus mauvais en soi. Ce temps-là a assez duré : nous nous devons de protéger Jérôme. Annette avait bien dit qu'elle avait peur, et je ne l'ai pas suffisamment entendue. Je le regrette beaucoup, croyez-moi.

Pépère cessa d'avancer, regarda Marie et lui toucha le bras, avec bienveillance, libellule qui se pose pour arrêter le temps.

- Stop ! dit-il, sans sourire. Il faut faire une croix sur ce qui s'est passé, il faut avancer. Tu m'entends ? Même si on est des vieux, on doit avancer ! Le chapitre Félicité est clos. Fais confiance à ton fils…

Madame Lebrun, tante, affirma d'une voix timide :

- Moi, j'ai de ses nouvelles…

Et devant l'air surpris de ses anciens voisins, elle s'empressa d'ajouter :

- Oui, par Jeanne ! Ma nièce, vous vous rappelez ma nièce ?

Et comme les deux vieux se taisaient, elle ajouta :

- Il lui a demandé si j'étais toujours décidée à vendre ma maison, parce que si je n'étais pas trop gourmande, il avait l'intention de s'en porter acquéreur. J'ai dit que son prix serait le mien, j'aime mieux savoir dans quelles mains ça va tomber. Et j'ai cru comprendre que Félicité ne serait pas avec lui. Je ne vous cache pas que cela avait l'air de réjouir Jeanne… Elle va au-devant de graves désillusions, à mon avis.

Louis et Marie ne répondirent pas, interloqués par les cachotteries de Paul.

Ce fut Pépère qui réagit le premier.

- Il veut nous faire la surprise, Marie. Et puis, il ne devait pas être certain que cela puisse réussir, et peut-être veut-il éviter des ennuis supplémentaires avec sa femme…

- Je pense que vous avez raison, approuva madame Lebrun, tante. Jeanne m'a dit qu'il avait demandé le divorce.

Louis et Marie hochèrent la tête, contents d'apprendre la nouvelle.

Ils franchirent le seuil de la maison de retraite et madame Lebrun les conduisit à sa chambre, meublée de quelques objets qu'elle avait emportés.

- C'est petit, observa Mémère. Enfin, c'est pour une personne. Vous avez la salle à manger en commun, et puis la salle pour regarder la télévision.

- Oui, on a une bibliothèque aussi. Et je suis abonnée au journal. C'est le facteur qui l'apporte et l'aide-soignante qui me le donne, en même temps que mon courrier. Mais tout ça ne prend pas la journée…

- Bref, vous vous ennuyez ! résuma Mémère.

- Je m'emmerde, oui ! jura madame Lebrun, tante.

Pépère retint un sourire. Il pensait qu'il avait de la chance à pouvoir choisir l'endroit où il vieillirait.

Une voisine entra dans la chambre et héla madame Lebrun, tante, d'une voix forte :

- Madeleine ! Vous descendez goûter ? Nous jouerons aux cartes après ! Ou peut-être préférez-vous une partie de Scrabble ? Oh ! Vous avez de la visite ! Oh ! C'est bien, c'est bien ! Vous voulez vous joindre à nous ? Non ? C'est dommage, vous auriez vu qu'ici, on ne s'ennuie pas ! N'est-ce pas, Madeleine qu'on ne s'ennuie pas ? Vous avez pu regarder le film à la télévision hier soir ? Oui ? Bon, je vous laisse, je vais être en retard pour le goûter : il y a de la tarte aux pommes, si vous changez d'avis ! Et du café…

Le son se perdit dans le couloir.

- Elle commençait à me fatiguer, fut le seul commentaire de Pépère.

- Il y en a beaucoup des comme elles, vous savez ! dit madame Lebrun, tante. Ça me surprend toujours, j'avais pas tant que ça à qui causer, à part vous deux. Le silence, ça me convenait bien, en définitive.

- Et la nourriture, c'est comment ? demanda Mémère.

- Qu'est-ce qui te prend ? gronda Pépère. Tu as l'intention de t'installer ici ? Moi, je te préviens, je ne viens pas là !

Mémère rit.

- Je m'informe ! C'est simple à comprendre : je veux savoir ce qu'on manque en ne voulant pas venir ici !

- Ben, pour la nourriture, c'est bien préparé, on mange à sa faim, on peut pas dire que ce soit mauvais. Je reprocherais quand même un manque de variété dans les menus.

Elle se pencha et chuchota :

- Beaucoup de pommes de terre… Beaucoup trop à mon goût !

- Vous n'aimez pas les patates ?

Pépère se montrait taquin.

- Si, mais pas à tous les repas ou presque ! Et le soir, le menu est invariable ! Un menu pour les gens qu'ont pas de dents !

- Ben, je croyais que vous aviez un dentier !

- Justement ! J'ai un dentier et un dentier, je vous le rappelle, permet de mâcher ! Le soir, c'est soupe de poireaux pommes de terre moulinée et laitage avec compote ! Menu d'enfant ! Un gamin à qui vous présentez ce menu-là, soir après soir, il vous renverse la soupière sur la tête ! C'est moi qui vous le dis !

- On va peut-être pas rater la tarte aux pommes, alors ? conclut Louis.

Ils descendirent dans la salle à manger où les exclamations bruyantes des vieux pensionnaires les accueillirent.

- Vous allez compléter une table, madame Lebrun ! Vous êtes en retard, c'est la règle ! décida une employée.

Le sourire était là, mais le ton était ferme.

- C'est l'armée, ici ? demanda Pépère.

- Non, monsieur ! Tout est fait pour faciliter le travail du personnel. Vous comprenez qu'on ne peut pas satisfaire tous les caprices… répliqua l'employée qui ne se départait pas de son sourire.

- Eh bien non, mon cœur, fit Mémère, de son ton le plus suave, tu vois bien que ce n'est pas l'armée ici ; toutes ces personnes ne sont pas en uniforme !

- Ah, oui ! remarqua Pépère, tu as raison, mon cœur ! C'est le personnel qui porte un uniforme et les personnes que nous voyons assises doivent obéir. C'est donc une prison ! C'est une prison, ici, madame ?

L'employée le fusilla du regard.

- Je vous en prie, monsieur, un peu de sérieux, c'est assez difficile comme ça.

- Oui, reconnut Pépère, c'est difficile pour toutes ces personnes qui ne peuvent choisir leurs voisins de table parce qu'il est nécessaire de penser…

Il s'arrêta. Les mots lui manquaient tout à coup.

- Logistique ! compléta Mémère. C'est à dire, madame, ce que veut dire mon mari, qui a subi l'armée et goûté aux humiliations servies par les petits chefs, c'est qu'il est nécessaire dans votre établissement, si j'ai bien compris, de penser d'abord au bien-être des personnels avant celui des personnes âgées, alors que l'un ne va pas sans l'autre !

L'employée la contemplait bouche bée.

- Bé… Bé… bégaya-t-elle.

- On ne voudrait pas vous déranger ! lança Mémère avec un sourire à désarmer le conflit. Madeleine, levez-vous, je vous en prie et sortons, nous trouverons bien un salon de thé en ville où nous pourrons être ensemble.

- Ça ne se passera pas comme ça ! explosa l'employée, rouge de colère.

- Oh, mais si ! Parce que nous l'avons décidé, ça se passera comme ça, répliqua Mémère d'une voix sans appel. Nous ne sommes pas séniles, madame ! Nous avons la liberté de choisir, malgré notre âge, et, j'espère, quand vous serez vieille, à votre tour, qu'il se trouvera quelqu'un dans votre genre pour vous faire comprendre ce que vous venez de nous faire subir. Et inutile de vous en prendre à madame Lebrun après notre départ, nous le saurons et nous le ferons savoir à qui de droit. Vous m'avez bien comprise, je suppose ? Vous n'avez pas besoin d'une traduction ?

Marie regarda dans la direction de madame Lebrun, tante, qui s'était assise, bien obéissante à une table où il n'y avait pas de place pour ses anciens voisins.

- Voulez-vous bien nous accompagner, Madeleine ?

L'employée leur tourna le dos.

Louis fit signe à madame Lebrun, tante, qui se leva sans plus se poser de questions et suivit Pépère.

Elle a tenu sa promesse, ma bonne Marie. Elle est venue me rendre visite. Je savais bien que je n'arriverais pas à m'imposer ici. Ce n'est pas parce que je suis vieille que je n'ai pas le droit au respect et à mon libre-arbitre.

C'est vieux, quatre-vingts ans ?

Le matin, je me lève.

Je fais ma toilette.

Je me regarde dans la glace. J'ai le temps depuis que je suis ici. Oui, j'ai tout le temps.

Je n'ai pas grand chose à faire. Même pas mon lit, si je voulais. Mais je ne veux pas. J'ai ma dignité. Je le fais. Un point, c'est tout. Comme au pensionnat, quand j'étais petite… Plus de bêtes à nourrir… Je suis sûre que le petit s'en occupe bien. Il n'a pas l'air d'avoir les deux pieds dans le même sabot ! Son Peupaire, comme il dit, pourra l'aider, s'il ne sait pas…

Oui, je me regarde dans la glace de la salle d'eau. Une douche par semaine. Parce que je suis valide et que je me débrouille toute seule. Sinon, il faut attendre plus longtemps. Alors je prends soin de moi, parce que c'est tout ce qu'il me reste.

Je peigne mes cheveux. Ils sont longs, ils me tombent aux reins et je fixe mon chignon avec des épingles. Elles disent qu'il faudra les couper, que ce serait plus facile, qu'il le faudra bien quand je ne pourrai plus. Il y a le temps. Je serai peut-être morte avant.

J'ai un peu de mal à lever les bras. Mes cheveux sont tout blancs. Et ma peau, elle, elle est bronzée, tachée aux tempes. C'est la vieillerie, dirait Marie Hesserie. Elle n'a jamais eu la langue dans sa poche, celle-là. Elle ne s'est jamais laissée mener. Toute jeune déjà, elle a décidé de sa vie. Nous, les filles, nous la jalousions bien un peu. Mais elle n'a jamais rejeté personne non plus. Elle n'allait peut-être pas au-devant des gens, mais si on lui demandait de l'aide, elle ne refusait jamais.

Ma peau est de plus en plus ridée. Pourtant j'ai grossi un peu. Mes jupes me serrent à la taille. Je vais demander à Marie de m'apporter de la crème pour le visage. Celle de madame Dupuis me paraît très bien. Je n'ai jamais mis de crème : celle-là sent bon, en plus. J'espère que ce n'est pas trop cher. C'est que ça coûte la maison de retraite. Si je vis trop longtemps, la vente de ma maison ne suffira pas.

Ah ! Tiens ! La voilà, l'infirmière Dubois qui s'adresse à vous selon votre statut social passé. Germaine, la pauvre, elle a été institutrice, elle a beau perdre la tête plus que de raison, à elle on demandera si elle est allée à la selle ce matin. D'autres devront se contenter d'un « Vous avez fait caca, aujourd'hui ? » bien hurlé, que tout le monde en profite. Mon Dieu, cela m'a tellement choquée la première fois, que je n'ai pas pu m'empêcher de lui répondre quand cela a été mon tour, « Non, j'ai pas chié encore, mais je sens que ça devrait pas tarder. Je tâcherai de faire bien dans le trou des water-closets ! » Les mots me sont sortis de la bouche, je ne sais pas comment ! On aurait dit du Marie Hesserie tout craché ! Ce n'est pas dans mes habitudes de langage. Mais je crois que cette infirmière a compris : en tout cas, elle ne me demande plus jamais rien sur l'expulsion de mes matières fécales… Et son expression ahurie a payé l'addition de l'humiliation subie par toutes ces vieilles et tous ces vieux qui voudraient ne pas être infantilisés.

Mais l'emmerdant, avec les vieux, c'est qu'ils ne se laissent pas commander !

Marie contempla la salle, les vieilles personnes qui la peuplaient. Des visages pleins de rides lui faisaient face. Tous n'avaient pas entendu l'altercation, certains – visiblement – n'avaient plus les moyens de comprendre. Beaucoup d'entre eux la regardaient, un sourire aux lèvres, approbateurs.

Un homme, très digne, se pencha vers sa voisine de table et proféra, assez fort pour être entendu par une majorité :

- Quand est-ce qu'elle vient chez nous, cette dame ? Celle-là, ils n'arriveront pas à la briser !

Marie s'approcha d'une très vieille dame qu'une autre employée nourrissait à la becquée, comme un enfant. Elle lui sourit, l'appela par son prénom :

- Germaine ? Tu te souviens de moi ? Nous étions à l'école ensemble !

L'autre lui rendit son sourire, ne répondit pas.

L'employée expliqua :

- C'est une ancienne institutrice, ma mère a été une de ses élèves. Elle perd un peu la tête, elle n'arrive plus à se nourrir toute seule, alors je l'aide. Mais on peut pas faire ça avec tous…

Elle chuchota :

- Vous avez vexé ma collègue, madame.

Marie la fixa.

- Ça n'est que justice ! s'indigna-t-elle. Nous les vieux, on est juste bons à se taire et à être humiliés, par-dessus le marché. Si elle a un brin d'intelligence, votre collègue, elle comprendra bien avant d'être vieille.

Mémère se redressa et quitta la salle à manger en criant très fort de manière à être entendue de tous, frappant sa canne sur le sol, faisant montre d'une énergie peu commune :

- Se mettre dans la peau des autres, mademoiselle, se mettre dans la tête de l'autre, une fois, au moins une fois ! Ça change le regard qu'on porte aux autres et ça vous embellit la vie. Ah ! Vous ne pouvez pas savoir, tant que vous n'avez pas essayé ! Ça vous aide à rester jeune… dans la tête !

Epilogue

Froid. Il faisait très froid ce 11 décembre 1981.

Louis et Marie se terraient dans la cuisine qui était la pièce la plus facile à chauffer, grâce à l'effort conjugué de la cheminée et de la gazinière où mijotait un pot-au-feu.

Alibi-Gaspard passait désormais ses journées à dormir, se réveillant quand les chatons galopaient dans tous les sens, oublieux de l'âge vénérable du chien.

La chatte, qu'Aneth avait fait stériliser, se blottissait souvent contre lui, trouvant désormais sa marmaille trop effrontée pour goûter les taquineries, griffes, mordillements, et autres joyeusetés de la gent féline dans sa période enfantine.

Jérôme avait beaucoup progressé en français. Mémère avait assouvi sa vocation contrariée d'institutrice, profitant de toutes les occasions pour lui enrichir son vocabulaire et améliorer sa syntaxe. Il fréquentait l'école du village, conduit par sa mère, comme tous les matins, à l'arrière de Margaret qui hoquetait de plus en plus. Paul révisait la 2 CV de temps en temps et lui prolongeait la vie, « Comme à nous », aurait dit Mémère, qui avait retrouvé son tonus après sa visite à Madeleine Lebrun.

Froid. Il faisait très froid ce 11 décembre 1981.

Aneth gara Margaret sous le hangar. Elle en profita pour nourrir les poules, qui caquetèrent de joie en reconnaissant la main nourricière du matin. Elles pondaient encore, ce qui surprenait beaucoup Mémère.

- C'est qu'elles sont bien chez nous, et que Jérôme s'en occupe bien, disait Pépère.

- Tais-toi, tu n'y connais rien ! se fâchait Mémère.

- Ah ! C'est bien vrai que je ne connais rien aux poules ! répliquait Pépère. Je ne les ai pas beaucoup fréquentées dans ma vie.

Et les deux vieux riaient.

Et Aneth retrouvait son sourire.

La jeune femme traversa la cour, d'une démarche alourdie par sa grossesse presque à terme.

Elle vit que Mémère l'attendait, derrière la vitre de la cuisine. La vieille dame, la tête penchée, écartait la jolie tenture de cotonnade fleurie confectionnée par Aneth, qui avait utilisé, au cœur de l'automne, les anciens rideaux crochetés par Mémère pour garnir les fenêtres de la chambre qu'elle s'était attribuée.

« Ça donnera de la lumière à cette cuisine qui en manque terriblement ! » avait précisé Aneth à Marie, craignant de la vexer.

Mais Mémère était heureuse et approuvait toutes les décisions d'Aneth. Sans beaucoup de paroles, elle avait aidé sa petite-fille à préparer la venue de l'enfant à naître. Et elle avait cru constater que la jeune femme s'apaisait petit à petit.

Aneth s'arrêta et contempla le tableau.

C'était beau, et c'était en partie son œuvre. Elle en éprouva une certaine fierté.

Mémère portait un gilet vert sur un petit chemisier à jabot : c'était un retour à une élégance à laquelle elle avait renoncé depuis fort longtemps quand elle n'était pas de sortie. Aneth l'avait convaincue par un argument de choc. « Ce n'est pas quand tu seras morte, que tu pourras les admirer sur toi ! »

Aneth regretta l'absence de floraison du rosier en cette saison ; les dernières roses avaient rendu l'âme lors de la tempête de novembre. Elles avaient fleuri tout au long de l'été, grimpant à l'assaut de la croisée, rougissant sur la pierre grise et le bois peint de blanc.

Le chaton noir et blanc, baptisé Domino, se tenait couché près d'elle, fermant les yeux de béatitude. Dans le fond de la pièce, assise en position de chasseur sur le dossier du fauteuil de Mémère, Châtaigne, la sœur de Domino, guettait l'arrivée d'Aneth.

Paul avait embarqué June, la dernière chatonne, lors de son emménagement chez Madeleine Lebrun. « Ainsi, je ne serai pas tout seul », avait-il justifié.

J'ai largué les amarres sans regret.

Je respire. Je vis.

Qu'est-ce que je raconte ?

Je revis. Avant je survivais. Pas trop de bruit, de l'ouate pour étouffer les inconvénients de l'existence même.

Toujours répondre à ses demandes. Ne pas les devancer. Etre prêt toujours au moment opportun. Ramper. Acquiescer. Sourire. Pas trop. Un début de rictus aurait provoqué la question : « Tu te moques de moi ? »

Apaiser. Tranquilliser. Toujours et encore. Ça use même le plus patient des hommes.

Je lui ai été fidèle. Je n'ai pas eu de vrai mérite. J'ai failli partir quand elle a chassé sa fille. Plus rien ne me retenait là, sinon une mollesse d'esprit, un dégoût devant les tracasseries administratives, le souci de lui devoir une pension alimentaire alors qu'elle n'a jamais cherché à travailler, être autonome.

Aujourd'hui, c'est différent. Elle n'est plus en mesure de discuter. Elle n'a pas le choix et elle le sait. Elle ne fera pas de scandale. La bonne vieille éducation bourgeoise… je suis sûr qu'elle a compris que j'ai toujours su pour Annie…

Quand j'y repense !

Cet empressement à se jeter dans mon lit le soir même de notre rencontre. Pas très courant à l'époque, chez les petits bourgeois ! Trop peur de se faire engrosser ! Et avec un ouvrier, encore ! Cette inquiétude qui lui ternissait le regard quand elle m'a dit être enceinte… Sa joie d'être épousée n'était pas feinte, certes, mais nos raisons étaient si dissemblables… Quand Annie a grandi, j'ai tout de suite compris que le père ne pouvait être que l'un de ces soldats prisonniers affectés aux travaux de déblaiements de la ville… Il était impensable pour Félicité, effectivement, de l'épouser…

Et comment aurait-elle pu deviner que je suis stérile ?

Aujourd'hui, je suis là, tout près de ma fille. Son fils me rend visite tous les jours. Je suis son vieux Papy.

Et moi, moi, je vois mes parents vivre, enfin. Ou plutôt je vois enfin mes parents vivre. Un autre enfant est sur le point d'arriver, d'embellir la maison de cris et de rires.

Aneth a décidé de s'occuper de tout ce petit monde en attendant de trouver un vrai travail.

Elle est courageuse, ma fille.

Je n'ai pas eu ce courage de vivre avec mes vieux.

C'est pour ça que j'ai acheté la maison de madame Lebrun. D'une part, ça la tranquillisait, cette brave femme, de savoir que son bien allait être entretenu, et d'autre part, je ne suis pas très loin de mes parents, sans être chez eux.

On est proche les uns des autres. Je vois mes parents d'une manière plus positive depuis qu'Aneth et Jérôme sont sous leur toit. Ce sont des personnes généreuses et aimantes qui n'ont pas toujours été appréciées à leur juste valeur. Surtout par leurs enfants.

Je ne sais pas quoi faire de l'amour quelque peu encombrant de Jeanne, la nièce de madame Lebrun. Enfin, comme dirait maman : « Chaque chose en son temps ! ».

Ce qui est bien avec les vieux, c'est quand ils vieillissent au milieu des jeunes.

Aneth sourit à Mémère, qui lui répondit quelque chose. Aneth crut lire sur les lèvres de Mémère « Je t'aime. ».

Elle cria :

- Moi aussi, je t'aime, Mémère !

Elle se remit en marche tout en pensant :

« Moi, quand je serai vieille, j'aimerais ressembler à Mémère… »

Froid. Il faisait très froid ce 11 décembre 1981.

La neige se mit à tomber en plein milieu de l'après-midi. Drue, tenant au sol.

Aneth décida d'aller au plus vite chercher son fils avant que les routes ne deviennent impossibles à pratiquer. L'instituteur comprit et libéra ses élèves au fur et à mesure que les parents vinrent les chercher, inquiets d'une telle abondance de neige.

Froid. Il faisait très froid ce 11 décembre 1981.

En fin d'après-midi, Aneth alla au bûcher et avec l'aide de son fils, elle ramena trois brouettées de bois pour tenir la journée du lendemain. Elle se tracassait beaucoup. Elle sentait l'isolement l'envahir. Elle songea qu'elle était folle de s'entêter à vivre seule avec deux vieillards, un petit garçon et un bébé à venir.

Elle nourrit les poules à la place de Jérôme qui râla un peu, croyant le travail lui échapper de manière définitive. Il avait fait de gros progrès en français et n'était désormais plus une charge pour ses arrière-grands-parents.

Froid. Il faisait très froid ce 11 décembre 1981.

Ils se couchèrent de bonne heure, fatigués et joyeux à la fois, excités par la neige qui tombait sans discontinuer.

Froid. Il faisait très froid ce 11 décembre 1981.

Aneth se réveilla au cœur de la nuit. Quelque chose remuait en elle. Elle écouta son corps, comprit que la naissance était proche. Trois semaines d'avance, tout de même…

Elle voulut attendre au matin pour donner l'alerte.

La naissance de Jérôme avait duré des heures.

Elle pensa qu'elle avait le temps, alluma la lampe de chevet, prit un livre, essaya de se concentrer sur la vie de *Pélagie-la-Charrette*, n'y parvint pas et renonça à connaître plus avant l'histoire romancée du peuple acadien.

Elle se leva entre deux contractions, s'enveloppa dans une grosse couverture de laine, descendit à la cuisine, mit à chauffer de l'eau, ranima le feu dans la cheminée et s'installa dans le fauteuil de relaxation de Mémère. De temps en temps, elle se levait et marchait de long en large, soulageant ainsi la douleur des contractions, s'arrêtant pour s'appuyer au buffet ou à la table.

Alibi-Gaspard la suivait du regard, dérangé par ses allées et venues. Domino et Châtaigne remuèrent un peu dans leur sommeil et se blottirent plus fort contre le chien, une patte sur les yeux.

La chatte, qui n'avait pas reçu d'autre nom, guettait la jeune femme, tracassée par ce remue-ménage qui lui rappelait ses propres souffrances. Elle miaula, bâilla, ouvrit largement la gueule, et au bout de deux heures de tout ce remuement, elle prit une décision qui serait encore racontée des années plus tard, alors qu'elle ne serait plus là pour l'entendre.

La chatte se leva, traversa le couloir d'un pas léger, gratta à la porte longuement. Comme personne ne venait lui ouvrir, elle sauta sur la poignée jusqu'à ce qu'elle cède sous ses attaques répétées et pénétra dans la chambre.

Elle s'arrêta un court instant, repéra la dormeuse, et sauta sur l'édredon.

Tip, top, tap, pas légers de fées, elle réveilla instantanément Mémère en poussant son museau humide sur le visage de la vieille dame.

- Qu'est-ce que tu fais là, toi ? Comment es-tu entrée, hein, coquine ? Pépère n'a pas bien dû refermer la porte, après sa pissée de la nuit. On a de la chance de ne pas avoir de prostate, nous, les femmes ! Non, non, laisse-moi !

Laisse-moi, la chatte… Qu'est-ce que tu veux, à la fin ? Bon, bon, tu veux sortir… Je te préviens, tu ne vas pas avoir chaud aux fesses !

La chatte insistait, miaulait de plus en plus fort.

Mémère grogna, se leva en maugréant, mais pas trop fort pour ne pas réveiller Pépère qui avait toujours eu un excellent sommeil, malgré ses cauchemars.

La chatte courut jusqu'à la porte, se retourna pour vérifier qu'elle était bien suivie. Sur le seuil, Mémère perçut de la lumière dans la cuisine.

Sur-le-champ, elle eut l'esprit en alerte et elle glissa le plus vite qu'elle put sur ses chaussons.

- Ce n'est pas le moment de tomber, ça non !

En poussant la porte, elle comprit tout de suite.

Annette était allongée sur le sol, une paire de ciseaux à portée de mains posée sur une serviette de bain. Le berceau de l'enfant était prêt, la bassine d'eau refroidissait sur la table.

Ce n'était pas le moment des reproches.

Marie s'avança dans la cuisine, en remerciant le Ciel d'avoir accueilli une chatte d'une intelligence aussi fine. Elle contourna le corps d'Annette, s'agenouilla sur le carrelage, rassura la jeune femme qui bredouillait, s'excusait de salir la couverture et tendit les mains pour recueillir à temps le petit être qui glissait du corps de sa mère.

Froid. Il faisait très froid ce samedi 12 décembre 1981, 01h10.

Il neigeait toujours.

Aneth releva la tête, tenta de s'appuyer sur les coudes.

- C'est une petite fille, ma chérie, une bien belle petite fille… fit Mémère, en pleurant. Quel beau cadeau tu nous fais là…

- Tant mieux, chuchota Aneth, je lui apprendrai à être heureuse.

Fripée, elle a dit. C'est un beau bébé tout fripé.

Et elle a ajouté :

C'est une petite fille magnifique.

Elle parlait à Maman. Elle m'a allongée sur le côté.

J'ouvre et je ferme les yeux. Je regarde. J'ai du mal : tout est flou.

La lumière vive me blesse les yeux, me force à fermer les paupières. Je suis fatiguée ; Maman aussi.

J'ai envie de dormir…

Je m'endors.

Un tremblement me réveille. Un cauchemar peut-être, les pleurs de Maman quand j'étais dans le chaud de son ventre.

Un doigt souple et doux me caresse la tempe.

Je me détends.

Je fais des petits bruits avec ma bouche.

J'ouvre les paupières.

Trois paires d'yeux me surveillent.

Maman : c'est son odeur, sa voix…

Une autre, dont les yeux en amande me couvent comme si j'étais un chaton…

Et une autre…

Elle a le visage tout fripé.

Le plus étonnant avec les vieilles personnes, c'est qu'elles ressemblent à des nouveau-nés.

C'est beau, les vieux…

Elle est belle, ma Mémère.

Froid. Il faisait très froid ce samedi 12 décembre 1981.

Averti d'un coup de fil par Pépère, le médecin était venu vérifier que la délivrance s'était bien passée et que l'enfant se portait bien. Il avait félicité Mémère pour ses talents d'accoucheuse : il riait, précisant qu'un autre enfant était né cette nuit d'enfer blanc sur le bas-côté de la route, dans le camion des pompiers.

Dans la matinée, Pépère et Jérôme se glissèrent dans la pièce contiguë à la cuisine, où Aneth s'était installée avec le nouveau-né, délaissant sa chambre à l'étage pour faciliter la tâche de Mémère.

Aneth était à demi allongée sur ses oreillers, un peu rouge, les cheveux ébouriffés. L'enfant reposait dans le vieux berceau qui avait servi autrefois à Aneth et que Paul avait retrouvé dans la cave de la maison d'Auxerre avant qu'elle ne soit définitivement vendue.

Pépère s'assit sur le lit. Il songeait avec émotion que c'était le premier enfant à naître dans cette maison, et que sa Marie l'avait mis au monde.

Jérôme se coula près de sa petite sœur et la contempla, d'un air béat.

Mémère était à la fenêtre, et regardait la neige tomber, toujours aussi abondante. Elle se sentait heureuse et triste, tout à la fois.

Jérôme souriait. Le bébé était calme et dormait.

- Comment vas-tu appeler cette enfant ? questionna Mémère, qui avait refréné sa curiosité pendant toutes ces semaines, dans l'espoir de ne pas effrayer Annette.

La jeune femme ne répondit pas tout de suite.

Enfin, elle rompit le silence qui commençait à être pesant.

- Il neige toujours, Mémère ?

- Oui, ma grande ! Je dirais même que nous sommes isolés à la Saulnière. Je ne suis pas sûre que ton père puisse faire les cinq cents mètres qui nous séparent… Même à pied !

Le silence se fit à nouveau, puis la voix d'Aneth s'éleva, calme, apaisée :

- Elle va s'appeler Marguerite. C'est un prénom qu'on ne donne plus, aujourd'hui, mais c'est une jolie fleur qui reparaît à chaque printemps, comme si elle s'entêtait à vivre… Marguerite Louise Marie.

Remerciements

L'auteur remercie tous ceux qui l'ont aidée lors de l'écriture de cet ouvrage : les traducteurs (Armelle Labbé pour l'allemand, Jérémie Delacroix pour l'anglais), son fils Pierre pour sa lecture attentive à chaque livraison et ses précieux encouragements, Pierre Kériec pour ses relectures impitoyables et ses suggestions, toujours justes et bienvenues, les *Lucioles* qui ont aimé cette histoire au point de la publier et enfin, la dernière, mais pas la moindre, Léonie Ruellan sans laquelle cette histoire n'aurait jamais existé et qui a su protéger, à la pause déjeuner, par sa bienveillance et une garde rapprochée, les échappées d'écriture…

Catalogue des Découvertes de la Luciole

Littérature générale

Nouvelles

Vie et mort d'un café de Pierre Kériec
Les dessous de Plomenezdu de Henry Masson
Eh ben, mon cochon… de Pierre Kériec (épuisé)
Brûlures de Marie Fersac
Brise-larmes de Pierre Kériec
Une petite pluie de Chantal Couliou
Silences de Catherine Leblanc
La bénédiction des enfants de Dominique Fontana

Romans

Les époux Barthes de Sylvie Le Bras
Les déchirures d'Anna de Pierre Kériec
(sélection Grand prix du roman de l'AEB, 2011)
Dans la famille Tuvache, je voudrais de Dominique Fontana
(sélection Grand prix du roman de l'AEB, 2011)
Moi, quand je serai vieille de Marie Fersac
(Grand prix du roman de l'AEB, 2012)

Hors série

Oh, quand les saints s'en vont marchant… : humour
de Pierre Kériec et Charles Montigné
(Médaille d'argent Prix de l'humour,
2012, Atelier d'Arts de Servon/Vilaine)

Catalogue des Découvertes de la Luciole

Littérature de jeunesse

Romans

Gwennig de Sophie Baraine (épuisé)
Le secret de Félikis de M.-Jenny Lestoux
A la recherche de Félikis de M.-Jenny Lestoux
La meneuse de loups de M.-Jenny Lestoux

A paraître
Aziliz et la sorcière Sansclairdelune de M.-Jenny Lestoux

Contes pour petits et grands

Des voix perdues en mer de Christian Pian
Le moulin m'a raconté de Françoise Gerlinger-Pacé
L'Esprit de la forêt de Christian Pian
Kino, la tortue de la fontaine : fable de Pierre Kériec

Imprimé par Diazo
2 rue des Mauriers
ZAC des Mottais
CS 61839
35418 Saint-Malo Cedex

pour le compte de
Les Découvertes de la Luciole
6 rue de l'Alcyon
35400 Saint-Malo
http://decouvertes.lucioles.free.fr

Dépôt légal : septembre 2011
ISBN-13 : 978-2-9525450-9-9
EAN : 9782952545099